U0052189

Seba · 蝴蝶

Seba・蝴蝶

Seba・蝴蝶

Seba · 蝴蝶

蝴蝶館 78

司命書

壹

Seba 蝴蝶 ◎ 著

elegantbooks

目次

命書卷參

命書卷肆

命書卷伍

命書卷壹

無雙譜續

綁著兩個啾啾，臉蛋似蘋果的小姑娘，穿著精緻的短打，和一隻黑貓對眼兒，是非常可愛，非常軟萌的畫面。

就算緊繃著小臉兒，五、六歲的稚齡，也繃不出冰山美人狀。一如對人愛理不理的油亮黑貓，再怎麼高傲，別人也看成傲嬌。

幸好他們的交談是心電感應。

「你知道為什麼我不寫武俠小說嗎？」小姑娘即使心電感應語氣也相當森冷。

黑貓慢慢的將耳朵放平，成了警戒的飛機耳，「……為什麼？」

「因為我掰不出俠客們超豪華的消費水準是怎麼縱出來的。」小姑娘語氣越發森寒，「一個門派上下幾百上千人，外出遊歷一直都是大酒大肉上房的往外撒錢。身上的武器個個價值連城，其他咱們別估價了，你會怕。」

她往前踏一步，黑貓立刻警惕的後退一步。

「不種田、不做工、不經商，除了小李飛刀沒人做過官。試問，俠客俠女的經濟來源？講白了根本沒有什麼黑道白道，事實上都是黑社會收保護費過活的對吧？」

黑貓縮了縮，又勉強鎮定，可惜蓬起來的尾巴出賣了他。「其實不完全是這樣，名下多少有點自家產業嘛……」

「所以就是拿那點兒產業洗白黑錢？古今如一啊。」小姑娘的語氣更譏諷，「這就是老娘為什麼不寫武俠小說的緣故啊！媽的老娘很沒下限，但是有原則啊！這原則就是絕對不誨淫誨盜!!」

「我又不寫武俠小說，憑什麼把我丟來武俠世界！」

黑貓趕緊跳到牆上，「冷靜點！這任務是妳選的！而且妳寫不寫武俠跟會選到哪個世界一點關係也沒有！」

「快讓我魂飛魄散！」小姑娘咆哮了。

黑貓欲哭無淚。

這真是一個悲劇。

三千大世界創作者那麼多，他就挑到一個軟硬不吃、油鹽不進的。其實每個人都有弱點，攻其弱點幾乎是戰無不勝。

但是，來，你教我，一個人最大希望就是「魂飛魄散」永遠休息的時候該怎麼攻略。

為什麼就是我遇到這種刺頭兒中的刺頭兒。要不是他沒有淚腺，此刻已經淚流成河。

不是小姑娘的小姑娘才覺得自己格外冤枉。

她差一天就成為人瑞了。也就是說，只差二十四小時，她就活滿一百歲。很遺憾的，就差那麼點，她倒在電腦桌上死亡了。

但就那麼點遺憾。

二十五歲出版第一本小說，寫足了七十五年，著作等好幾個身。人生該經歷的都在現實中經歷過，不該經歷的都在幻想創作中也經歷完了。

她真的活得太夠太夠了。

拿不到「人瑞」成就，好歹也拿到了「準人瑞」成就，並沒有什麼不滿足。

但是！人生最令人痛恨的轉折——但是。但是她死掉沒獲得永遠的休息，還被隻黑貓強召去幹什麼任務……獎賞居然是永生。

永生耶！好棒棒喔！

……媽的老娘早活膩了好不好?!還永生，永你媽的。

當作我任務失敗吧，現在趕緊讓我魂飛魄散。

很遺憾的，在跟黑貓打架的時候，她不慎按到某份契約的「同意」，糊裡糊塗的被「引進」了。

現在她只想把那隻黑貓生剝貓皮，可惜黑貓太警惕。

「有什麼恩怨等完成任務回去再說好不好？」黑貓帶著哭聲，「妳太消極、太怠工的話，涵養不好原主的魂魄，她就會真的死了……」

「那任務就失敗了吧。」不是小姑娘的準人瑞幸災樂禍，「太好了。你知道嗎？我奉行生物兩大原則：維護種族延續和自我生存。這也是我活得那麼膩卻沒自殺的緣故。」

消極怠工就是了嘛，當廢物誰不會。

她高興沒幾秒，卻覺得視角有點奇怪。她頭一回「內視」，先是看到屬於自己的魂魄，住在右心室。然後看到小姑娘的魂魄，住在左心房。

小姑娘長大了。大約十五、六歲左右，柳眉鵝蛋臉，美得非常古典……生前一定很漂亮。

因為現在她往後仰，脖子上的巨大傷口幾乎讓她身首異處。

「為什麼我跟死人當鄰居!?」準人瑞快嚇死了。

「她沒死嘛……只是瀕死。」黑貓嘆氣，「她身繫天道存續，死了就真的完了……所以從她瀕死那刻凍結，並且回溯到可插入的關鍵點。妳看妳多重要，妳若不能改變她必死的命運，那這整個天道必定在遙遠的未來崩潰……」

準人瑞並沒有仔細聽。她在端詳這個據說身繫天道存續的少女。

她還這麼年輕，人生都還沒有開始。卻這樣淒慘的死了……差點連全屍都沒有。

如果不是有關天道，根本不會有人來改正她的命運，死了也是白死。

可以說，老太太心軟了。

她伸出手，以魂為針，以魄紡線，將少女巨大的傷口縫合。

然後，暈倒了。

*　　*　　*

「小姑娘」大病了半個月。

準人瑞也讓黑貓嘮叨了這麼長的時間。

「不要以為妳很了不起！」黑貓朝她揮拳頭，「那是妳好歹是幾本命書的界主！偶爾妳會頓悟命書主角的技能……但這畢竟不是妳的『界』，妳干擾到天道規則了！妳為什麼要這麼做啊？為什麼?!妳好好涵養不行嗎？……」

「所以，」準人瑞異常冷靜的說，「我現在是在某個命書世界，但不是我自己寫的命書？我也曾經寫過命書？命書，到底是什麼？」

黑貓的尾巴蓬的跟松鼠一樣，「妳妳妳，妳在說說說什麼，我我我不知道……」

準人瑞冷冷的瞥了黑貓一眼，沒再追問。

其實他透露了太多訊息。

但準人瑞沒打算追問。別鬧了，又沒打算長長久久繼續做任務，只是覺得小姑娘可憐罷了。

也不是太複雜，稍微管一管也無所謂。

小姑娘的人生很簡單。

她姓林，名玉芝。是紅葉山莊的大小姐。林父林母都是江湖有名的俠客，上面還有個哥哥林磊。

林家祖上相傳一部武林祕笈《無雙譜》，但曾經威鎮武林的無雙劍法當中精髓卻失傳了，紅葉山莊因此逐漸沒落。

但江湖都認為是後人平庸才無法領悟無雙譜，引來無數飛賊，最後林父不堪其擾，決意金盆洗手退出江湖，卻在宴後衝突被與會者圍攻，林家滅門，林磊攜無雙譜出逃。

最後林磊照無雙譜指引「欲練神功，必先自宮」，真把自己宮了。最後報仇途中被殺，死前將無雙譜毀去，無雙譜自此失傳。

本來嘛，把「武林祕笈」這元素抽掉，全天下的武俠小說全瘸了。所以會覺得眼熟……咳咳，難免的。

只是更悲劇的事情在於，這是命書被改後的版本。

真正的版本是，林家滅門，林玉芝倖存。她沒有自宮也平安練了無雙譜……因為她想宮也沒得宮啊！事實上，無雙譜還真適合女人練。

林玉芝成了一代高手，後來招贅續林家血脈，並且將無雙譜傳下去。在遙遠的未來，進入末世的人類沒有被殭尸滅絕，就是因為林家無私的將無雙譜公開，沒有異能的人類才保留了最後火種。

這就是為什麼林玉芝不能死。為什麼黑貓所代表的神祕勢力不惜凍結時間並且回溯的主要原因。

這時候，準人瑞頓悟了，無雙譜的「無雙」是什麼意思……直白的讓人不忍直視。

所以，「宮」的時候不用拿掉整副是嗎……？只要拿掉兩個什麼蛋的就可以了。

原來是性別歧視。只是，難得歧視的是男性。

面對事實之後，才發現事實艱辛得難以面對。

今年林玉芝六歲。十年後才會發生林家滅門的那個關鍵點。

一個差一天就一百歲的準人瑞重回童年時光，被喝斥，「怎麼可以只吃菜菜？吃肉肉！」這種不忍卒睹的悲哀時光。

從頭管到尾，從穿衣到吃飯，從練武到讀書，而且非常不人道的名為學女紅，實則扎手指頭的種種徹底管束造成的悲劇。

唯一慶幸的是不必纏足，不然她絕對抗爭到底，管她娘的任務。

但是寫作七十五年一直保持一定的市場和粉絲，個性相當唯我獨尊的準人瑞能忍住她暴躁的脾氣嗎？當然不，你將她想得太美了。

可六歲小孩的爆發能造成任何傷害嗎？你別想得太甜了。

準人瑞屈辱的挨了幾頓屁股，該怎麼辦就怎麼辦。在被窩裡珠淚暗彈後，終於認識到武力值的絕對重要性。

連十歲大的林磊都能隨便揪她的啾啾……武力值太重要了！

「……這個結論好像不太對。」黑貓弱弱的說，「妳不是應該想想怎麼避開林玉芝的死劫麼？」

「說得對。」準人瑞難得的贊同他。

糾正林父林母不要太幼稚實在太幼稚，她堂堂一個百歲人瑞跟他們死磕什麼？想要人尊重妳先拿出實力來呀！學會無雙譜，成為當代不世出的天才誰敢幼稚對待她！

於是準人瑞立刻去尋找無雙譜。

只能說，林家後代真的很無視武林祕笈的尊貴，而那些飛賊全是廢物。將紅葉山莊都翻遍了，居然沒找到無雙譜。

事實上，無雙譜是捲軸，就藏在祠堂的長桌腿裡面。桌腿是中空的，機關非常簡單。不然滅門時林磊或林玉芝根本來不及帶走。

無雙譜是個總稱，事實上分「內功」、「劍法」、「輕功」、「拳法」四本。

準人瑞大搖大擺的進去，然後大搖大擺的帶出來……誰也沒多看她一眼。

然後，然後她就哭了。

即使多活了一百歲，現在六歲的「林玉芝」還是看不懂充滿穴道、經脈……等等等等的專業術語。

於是林家父母非常欣慰的發現，愛使小性子的玉芝終於長大了，現在多乖多用功啊。除了不愛女紅，幾乎什麼都愛學，用功得不得了，還把她哥都比下去了。

那是當然的。首先，她得努力學武，基礎沒打好，就想學祕笈？越級打怪必死無疑。然後她也得讀書，不然怎麼理解祕笈那堆專用術語？甚至還得學點醫術，總要知道穴道經脈在哪吧？不然說氣走膻中穴，誤會成天靈蓋……那是找死好麼？

最困難的不是學習，困難的是將近八十年都沒這麼系統性的用功。

事實上，林玉芝資質絕佳……非常非常健康。準人瑞總算體會了一把真正「健康」的感覺。

雖然活到近百歲，可準人瑞的身體從小就不怎麼好。這種不好，就是不足以致病，卻總是零零碎碎的這兒痛、那裡疼，尤以頭痛為大宗，她都無聊到畫疼痛分級表了，可見有多習慣。

原來真正的健康是這樣。

不會有無謂的疼痛。能夠跑很遠、跑很快，不再兩步路就喘不過氣來。能夠看得很高很遠，反應敏捷。

真是意外的收穫。

這讓她原本的不習慣和暴躁沉澱許多。

林父林母待她很好。林母常會將她摟在懷裡，輕聲細語的談心事。「武功啊，那是要練好的。將來咱們芝兒要嫁個最好的少俠，夫妻感情要好，總是要有共同興趣啊。多多少少總是要對練的……」

跟七歲的小女孩討論未來夫妻生活會不會太早？

其實準人瑞是懂的。林母美化了，把武功練好，是不讓一定是江湖人的丈夫欺負……黑道分子納妾恐怕也是黑道千金，元配沒兩手功夫怎麼鎮得住場子。

她有些可憐小姑娘。

「萬一打不過怎麼辦？夫君欺負我怎麼辦？」準人瑞忍不住為小姑娘探聽。

林母娥眉一豎，「難道妳沒有父母哥哥?!」

……父母她是相信啦。哥哥？除了拉她啾啾和欺負她，哥哥這種生物真的有其他用處嗎？

準人瑞為之呵呵。

想想還是不要麻煩到父母了，靠誰都沒有靠自己強大的武力值好。

無雙譜在手，天下我有。

但人總是感情的生物。相處幾年，連討人厭的哥哥都對之產生感情。

林玉芝十歲那年，無雙譜心法初入門，準人瑞嚴肅的考慮起來。

她相信照進度到十六歲的關鍵點，憑身手能夠逃過死劫。但是要眼睜睜看著全莊的人一起死去嗎？

捫心自問，她辦不到。

但是她到底不是主角，沒有那種驚天氣運可以獲得重大機緣，比方說平白無故有高人灌她個三十年內力，而且非主角跳崖獲寶定律絕對不會成立。

靠武力值走上人生巔峰擔任武林盟主迎娶高富帥路線是走不通了。

這年剛好有個飛賊家屬來尋仇。因為飛賊從紅葉山莊偷走了疑似無雙譜，事實上只是祖上心得的雜記。

男性沒自宮結果爆體而亡了吧。你看看你，偷還偷錯真是活該……

先不要論那飛賊家屬尋仇的理論有多奇葩。準人瑞大人發現了一個重要漏洞。

不管是飛賊還是將來滅門的強盜，他們怎麼能確定偷來或搶來的武林祕笈是真的呢？

瞧瞧可憐的歐陽鋒吧。論武林祕笈版本錯誤的危害性！

說不定她能避免六年後的滅門慘劇。

準人瑞的心臟蹦蹦的跳起來。

毅然決然的，她將歷年收到的壓歲錢和私房錢收攏過來，並且義無反顧的買下了一個印書坊。

「無雙譜首刷五百套?!」黑貓詭異的看向準人瑞，「這能有什麼用？這能避開死劫？」怎麼可能啊？

「你我智商不在同一個水準。」準人瑞非常冷酷的回答。

「不要用汝輩愚蠢人類的智商度量我！」黑貓怒了。

他只得到準人瑞的一聲嗤之以鼻。

只能說，神祕黑貓的智商或許很高，並且有謎之搜尋引擎。錯只錯在……他的腦洞開得不夠大。

別小看作家的腦洞。那不只是深淵，而且還是宇宙黑洞。

於是在林玉芝十六歲這年，無雙譜小成。就一個江湖傳說的無上祕笈而言，林玉芝簡直是天才中的天才，假以時日，必能成為紅葉山莊的支柱、扛霸子。

但是，得先能夠「假以時日」才行。

準人瑞已經將原主的魂魄涵養完畢。進度能夠這麼快，因為第一次照面，準人瑞大人愚蠢又衝動的用自己魂魄修補了小姑娘嚴重的靈魂傷害了。

「真的沒問題麼？」偶爾清醒的小姑娘緊張的啃指甲。

「當然！喂，別啃指甲，壞習慣。」準人瑞不悅。

放過了指甲，小姑娘又開始折騰頭髮，捲了又捲、捲了又捲。

黑貓在發抖，因為第二天就是關鍵的滅門日。

「你們對我有信心一點行不行？」準人瑞抱怨。

根本沒有人理她。

真是被瞧扁了。世間事很簡單，古聖賢都快把道理說盡了。聽過沒有？不患寡而患不均。

什麼？你說不是這麼解釋的？別鬧，你不知道作家最喜歡歪解麼？引經據典只是為了狐假虎威。

於是，在命定滅門日這天，紅葉山莊依舊辦了宴會。

但不是為了「金盆洗手」，而是為了「無雙譜新書發表會」。廣發英雄帖，只要是有名有姓的大俠都有一張，憑帖免費兌換「無雙劍法」一本。

嗯，有劍法沒內功心法，那就是只有花架子的廢物。

至於「內功」、「輕功」、「拳法」，每本一百兩，憑帖優待八五折。無雙譜全四冊，京城、洛陽、揚州府等各大城市同日發售，欲購從速，不二價概不賒欠。

全江湖……不，全天下譁然。不管怎麼半信半疑吧，皇帝立刻購買了一百套，連價都不還。後來皇帝好慶幸，因為首刷賣完，二刷遙遙無期有沒有？人家還帶售後服務，請來紅葉山莊大小姐，無雙譜第一人林玉芝小姐蒞臨指導！

還有比太監更適合無雙譜的嗎？還不用臨時開刀呢！

此是後話，暫且不談。

準人瑞大人鋪陳這麼久，打敗紅葉山莊所有高手，甚至把她哥揍歪，就是為了獲取話語權。她在紅葉山莊可能遙遙領先，但是在江湖上頂多是二流高手。

會想金盆洗手，可見她爹也明白懷璧其罪的道理……紅葉山莊保不住無雙譜。

那麼，為什麼不流通天下呢？

搶什麼搶？偷什麼偷？來啊，別說幾百兩你們沒有。版本正確，紅葉山莊負責售後服務，驗證最正確的無雙譜！大小姐親自指點！

連淨身師傅都傳便便，保證手法嫻熟，存活率超高，避免自己動手造成一切危害……麻沸散免費麻醉！

善意提醒：淨身有風險，請詳閱「閹割手術說明書」，並且簽好「閹割手術同意書」，別找我們苦心請出山的淨身師傅麻煩，感謝您。

與會的英雄豪傑寂靜無聲。翻開免費獲贈的無雙劍法第一頁就寫著：欲練神功，必先自宮。

這絕對是騙人的！我不相信這殘酷的事實！

「全國六大城市已經同步發行。」大小姐非常冷靜，「其實不自宮也行，只要是女人就可以了。」

她當場演練了無雙譜的武功。

「我敢賣書，當然敢接招。」林大小姐淡定，抱拳笑道，「紅葉山莊不搬家，請天下豪傑共驗證。」

可以不相信，但沒人敢翻臉。

在確定真偽之前，誰敢動手誰會被其他人拍死。江湖豪傑鐵青著臉掏錢買足全套，急匆匆的回去找資質上佳的女弟子驗證無雙譜。

這天淨身師傅就是擺設，誰也不敢拿自己的「寶貝」開玩笑。

原本的滅門日就這麼靜悄悄的過去，迎接了和平的一天又一天。

監視紅葉山莊的無數眼線，在皇帝高調迎接林大小姐指導半年，又載譽歸國……歸莊後，眼線全撤乾淨了。

皇家的無雙衛（太監們）展現了極其恐怖的實力，證實了無雙譜的犀利。

峨眉派躍升武林第一大名派……因為派內都是女子，可以免痛練無雙譜的女子。

江湖格局為之一變。

大方廣撒無雙譜的紅葉山莊，隱然為眾強之師。皇帝那兒賜了官銜匾額，峨眉派與之結盟。

其實不宮也能練無雙譜……除了內功心法以外。或許有辦法修改內功心法，避免變成太監吧？誰知道，那是小姑娘和紅葉山莊的事兒了。

看到小姑娘重新回到命運的正途，眼角掛淚滿足的微笑……

準人瑞大人覺得偶爾做做任務也是可以的。

休息時間

「任務完成。達成度，優異。可獲得……」黑貓冰冷的評價，卻被掐斷。

喔，正確的說，是被拎住後頸提起來。

「我不要聽。」準人瑞晃了晃無力掙扎、四肢下垂的黑貓，「蠢死了。你不知道我不但不寫系統文，甚至不看系統文？」

……這不可能。黑貓發現無法控制自己的肢體，大驚失色。這絕對不可能的！執行者只餘魂魄，她只是個最普通的遊魂！

拎著黑貓的準人瑞瞥向僅有的幾個傢具之一，某個落地穿衣鏡，看著身影感到深深的無奈。

她滿希望看到雞皮鶴髮的自己……看了幾十年早已看慣。但現在倒映出來的「少女」，非常熟悉，但現世絕對不可能出現。

因為那是她幻想的角色之一，曾經最喜歡的一個歌姬。身世要多慘有多慘，經歷要多虐有多虐，最後死無全屍。連「死在男主角懷裡」這樣制式的幸福，也沒維持多久，連屍體都化為塵埃。

展現在穿衣鏡的容顏，正好是她被毀容的模樣，半邊臉遍布傷疤。不管小說裡怎麼形容吧，事實上連疤痕都分布得非常均勻，充滿魔魅的美感。

連毀容都毀得這麼有藝術氣息。

她嘆氣了，「沒想到我也有設定如此中二的時期。」

興致缺缺的將無一合之勇的黑貓扔到一旁，爬上另一個傢具：King size的大床，滿足的嘆息一聲，還沒數到七就睡著了。

好不容易重獲肢體和意識控制權的黑貓趕緊跳上床試圖喚醒準人瑞，驚恐的發現……她真的睡著並且深入夢境，即使凍結十萬監控集中力量，也沒辦法將她叫醒。

心下一片冰涼，黑貓的本體都感到一種無助的驚恐。

或許應該放棄她。

每個中千世界擁有三千個小千世界，每個大千世界擁有三千個中千世界。黑貓本體就是監控這個大千世界的「人」。

他的神識能夠化身千萬，掌控無數「黑貓」，監視並引導如準人瑞這樣的執行者。無不匍匐順服，哪怕厭惡恐懼，依舊是敬畏、崇拜，畢竟他手握所有執行者能不能存活下去的關鍵。

他見過無數執行者。哪怕條件很嚴苛：必須是創作者，必須失去肉體只餘魂魄，必須曾經「窺看天機」，並且有能力書寫「命書」。

是的，會導致需要執行者修補世界的緣故很令人無力……因為他這小咖都不知道的緣故，天機曾經猛爆性外洩，致使三千大世界通通被普照一遍。雖然很快的就被修復並關閉天機資料庫，並且災害都控制在小千世界中……造成的傷害已經無法彌補。

無數小千世界的人都窺看到天機，但這不是最糟的。許多創作者將天機錯認為「靈感」，這也不是最糟的。

糟糕的是，有天賦的創作者，能夠根據「靈感」，寫出投射在相對世界的命書。

如果出入不太大，被命書影響的當世能夠自動調節。但是創作者最喜歡的是什麼呢？當然是戲劇性、是衝突感……所以他們往往會修改命書內容，衍生出和「靈感」南轅北轍的內容。

若是沒有觸及天道氣運所歸，那也就是一小撮人自認倒楣的被改命罷了。

很不幸的是，創作者的無心修改，真的導致天道毀滅了……

毀滅一、兩個小千世界可能沒什麼，但是毀滅的小千世界一多，就會導致中千世界崩潰，進而危害到相鄰的中千世界。他都不敢想像一旦影響到大千世界，將來會怎麼樣了。

即使是他這樣小咖的監控者也無法進入小千世界。對小千世界來說，他太「龐大」了。

現在他感覺到準人瑞相對來說也太「龐大」，隱隱有漫出的跡象。

有問題，找上司。

他二話不說打電話給上司，「長官，編號85246執行者有問題，申請凍結或銷毀。」

「剛做完新手任務吧？結果不行？」長官詫異的問。

監控者噎了一下，「……優異。」

「你有什麼不滿？」長官先不滿了，「你真的不喜歡，將她撥給白鷺。」

……為什麼是撥給我最討厭、最做作的同事?!

「不不，我是說，她難以控制！」

「那是當然的。」長官輕笑，有點感慨，「她寫了不少『偽命書』。可惜她受種族短命所限，沒能自成世界，就差那麼一點，太可惜。」語氣一轉，「難道你沒辦法駕馭一個小千世界微有天賦的執行者嗎？」

「不！當然不是。」黑貓監控者強笑道。

長官收線了。監控者消沉了。

他還是重新審視了準人瑞的「新手任務」。

不得不承認，完成的非常出人意料之外，超乎想像的好。優異，不足以完全評價。

原本在各種客觀條件下，林玉芝能夠保住自己的命已經是合格。若是能庇護林磊，就是良好。如果連父母都能保住，就是最高評價的優等。

結果準人瑞腦洞一開，整個紅葉山莊毫髮無損。連無雙譜將會造成的江湖仇殺都消弭於無形。

甚至，不知道是有意還是無意中，間接保護了當代最先進的政治核心，封建皇朝的穩固——原本皇帝會死於江湖中人的刺殺，卻被無雙衛擋下來。

造成的結果是，增加了和平穩固的時間，減少了動亂。就因為文明增進了一點點，讓天道在壞與空的階段緩和了些，末世中能保留的人類火種更多也更堅實。

這個小千世界的命運線徹底點亮了。穩固的運行甚至讓鄰近遭到重創的其他小千世界有了支撐，延緩崩毀，多了許多修護的時間。

只是一個新手任務而已。完成的超乎完美。

或許，還值得因此容忍她吧……

他將注意力轉到其他執行者身上。

命書卷貳

失衡終止

明明是一臉黑毛，不知道為啥，就是覺得黑貓的臉都綠了。

剛清醒過來的準人瑞詭異的看著黑貓。

「……緊急任務。」

頗有起床氣的準人瑞目光轉瞬冰冷，「我最煩什麼任務。」

「我不想跟妳鬥嘴。」黑貓情緒很低沉，「……雖然就妳的能力來說恐怕也是不行的。」

準人瑞沒好氣的劈手奪過檔案，非常霸道總裁的說，「很好，你成功引起我的注意了。」

這是個架空……好吧，看起來黑貓發布的任務對她而言應該都是架空。時代大約比二十一世紀還先進幾十年（或百年）。

這個時代，男女比例嚴重失衡，已經到10：1的地步。

任務目標是個女博士。她即將發明如何糾正這種失衡現象的藥物，卻在出現曙光時慘死。

……簡介居然只有寥寥數行。不愧是「簡介」。真的是……太簡。

準人瑞揉了揉額角。這是從武俠世界跳到未來世界啊……不過是不是換湯不換藥？大約是凍結時間回溯，然後避開死劫什麼的。

雖然從頭學習有看沒有懂的「基因科學」會吐血，不過曾為無雙譜第一人林大小姐，武力值還是很樂觀的嘛。練了十年武功，無雙譜早背熟了，複習起來很快的，沒問題！

希望不要從娘胎開始。

其實她不大寫科幻不是不喜歡這題材，是她沒有料啊！有機會去瞧瞧未來……這樣的取材機會實在很難不蠢蠢欲動。

於是她答應了。然後她就發現自己真的有夠蠢。

最先清醒的，不是意識而是疼痛。

屁股隱隱作痛。

……女博士有難以啟齒的痔瘡問題？這必須嚴重正視啊！總不能為了科學研究然後忽略自己的身體健康，小姑娘們就是不懂事。

然後她發現自己身無寸縷，光溜溜的呈現嬰兒狀態。

胸口平坦的太平公主狀態不足以打擊她，下身多了點贅肉，也沒將她打爆……真正讓她失去理智的是，身邊睡著一個同樣光溜的男人。

她立刻一腳將陌生男人踹下床，然後驚怒居然沒將那混蛋踹上牆——準人瑞大人忘記自己已經不是紅葉山莊大小姐了。

男人驚呼一聲，「朱訪秋，你瘋了?!」

準人瑞覺得自己很有理由發瘋。但因為她是個知書達禮的老太太，她恩准那個男人穿好衣服再滾出去以免傷害風化。

原本男人還想暴力抵抗，在準人瑞大人將他往牆上掄了一回，他就非常乖順的穿好衣服。至於想情感說服說他們倆間的山盟海誓，在被掄上牆第二回就乖乖閉嘴了。

準人瑞大人拒絕知道為什麼這具身體的屁股會痛。

她比較想將黑貓掄上牆幾回再嚴刑逼供。

早學乖的黑貓隱形了，「冷靜！」

「等我將你揍到黏在牆上兔不下來就冷靜了。」準人瑞大人開始活動關節熱身。

「妳最少把衣服穿上！」

終於還保有羞恥心的準人瑞大人敗退了，她摔上門去洗澡。看著這具肉體，她暴躁的聲音非常有穿透力，「……女博士?!」

「……她弟。」黑貓弱弱的接上。

情勢之嚴峻真令人無法想像。

準人瑞被投到女博士她雙胞胎弟弟的身體，這已經夠讓人悲痛了……這位叫做朱訪秋的女博士她弟，還擁有四個男朋友。

她才剛把澡洗好，不知道是男幾的男朋友打電話來發情。

準人瑞立刻把手機關機，電腦關機，門窗鎖死……最後不得不把電鈴也拔了。

她需要冷靜一下。

「我希望這一切都有合理的解釋。」準人瑞的聲音溫度已經直奔大雪山了。

黑貓微不可見的輕輕抖了抖。

其實朱訪秋真的是主角……主角受。被改編過的命書版本是這樣的，主角受被迫出櫃又被愛人背叛，絕望之際自殺。然後他穿越到一個同性戀不但不被歧視，被歌頌讚揚，並且被政府鼓勵結婚的世界。

他穿越的原身雙胞胎姊姊死因成謎，他也因此被捲入危險之中。當中與男主角相遇相戀，沒想到男主角居然和他姊姊的死因有關。屢經波折分分合合，然後遇到男一男二男三和邊邊角角不計數的花花草草，最後成為天下總受，一統江湖……

不是，是「他們都太愛我我不忍心傷害任何一個人」，於是各種屬性攻君一起疼愛總受君，成功達成「二十四個攻君在後宮」的成就，幸福美滿一輩子。

至於姊姊？誰關心啊？不要說什麼報仇，冤冤相報何時了，往事知多少。我們要用寬恕與愛幸福全世界。

……

其實還是個滿簡單的BL甜寵小故事吧呵呵……準人瑞真的很想知道，為什麼能將個黑暗系的設定改編得這麼面目全非的甜，真想認識那位作者。某種角度來說真的很強悍。

真實的版本是這樣的：

科學發達的現代，依舊有些渣滓思想占上風……譬如重男輕女。終於有個被逼瘋的天才發明了一種生男藥，只要男性吃下這種藥，就能夠讓老婆生下男嬰。

一開始真是大受歡迎，立刻席捲亞洲市場。

但是，生男藥並不是天使的饋贈，而是惡魔的禮物。

這種藥物能夠針對男性基因改造，並且體液帶有基因污染性，與之性交的女性會因此只接受y染色體。同時，也具有基因污染性。這種基因污染會遺傳，以致於很快的蔓延全世界，並且讓女嬰漸漸絕跡。

於是男女比例飛快的日漸懸殊，並且徹底崩潰。

不幸的是，此時的基因科學和醫學發展不夠快速，試管嬰兒還是實驗室裡重金手工業的產品，批次大量人工子宮還只存在於科幻小說中，人類的延續面臨重大考驗。

因為男女比例過度懸殊，同時造成了嚴重的社會現象。女性被監禁、性暴力的罪行越來越猖獗，甚至不得不設立專區保護未受基因污染的女性，女權進入黑暗時代。

科技進展無法突破，全人類社會陷入焦躁絕望的氣氛，眼見人類即將慢性死亡的時刻，終究還是出現了劃時代的人物。

智識超前當世一世紀的天才橫空出世，連連跳級的女博士朱訪春帶領團隊，意圖解決基因污染問題。

終於，人類的未來見到了一線曙光。

可是，朱訪春在以為最安全的園區，被最信任的團隊成員，酒後輪暴。造成她身心巨創退出研究，在療養院靜養了十餘年。

自以為沒有朱訪春也能順利進展的團隊卻只能盯著曙光乾著急……畢竟能超前當先智識一世紀，珍稀得比聖人出世還難得。最終還是將朱訪春請出山，雖然晚了將近二十年，人類更岌岌可危，終究還是研究出解藥。

只是為了背景更衝突更有戲劇性，命書被修改了。

朱訪春被強暴致死。

卒年二十七歲。

人類為了二兩肉的一時衝動，親手掐滅了未來的希望。

「太好了，」準人瑞鼓掌，「真是太好了。我覺得改得真是太好了，其實不改也差不多嘛。」

「這樣的人類延續下去幹嘛？死得好，死得太好了。你瞧，求仁得仁。不是愛重男輕女嗎？你看，完全滿足了，再也不會有二等人類的女人了，全世界都是尊貴的男人，超棒噠！還要什麼解藥？多此一舉！」

「所以天道何必讓朱訪春出世？多事！幸好我不是接朱訪春的棒。讓我接棒，我就改研究讓全世界全轉化當殭尸！以德報怨，何以報德啊？跟一群強暴犯講什麼仁義道德、種族延續？這種基因早滅亡早好！……」

黑貓被她如洪水滔天的怒罵砸昏了，好一會兒才說得出話，「我不知道妳有嚴重的仇男傾向。」

「現在才知道？」準人瑞詫異，「那也太遲了。」

有嚴重仇男症的準人瑞對拯救世界毫無興趣。

她比較有興趣的是拯救朱訪春。小姑娘什麼都沒做錯，甚至太偉大、太有志向了。唯一做錯的就是，她不該拯救這個充滿強暴犯的世界。

「並沒有充滿強暴犯。」黑貓抗議。

仇男症成癌的老太太只給他一聲嗤。

然後她終於發現不對勁的地方。為什麼看起來非常厲害高貴，都能凍結時間回溯的黑貓神祕勢力沒救到朱訪春？搜索腦中記憶，朱訪春過世都三年了。

朱訪秋的左心房甚至沒有魂魄。

簡單說，這具肉體是空的。

「朱訪秋，我不是說那個穿越過來的ｇａｙ，原本的朱訪秋去哪了？」雖然不明白為什麼，準人瑞感覺非常不妙。這部分的記憶很糊……應該說很多記憶都有點糊，難道是因為之前被穿越過的緣故？

「追查他姐死因時……被害。魂魄消滅成為植物人。」黑貓其實也感到很棘手。

「……那後來的那個gay呢？」準人瑞感覺越來越糟了。

「呃，」黑貓聲音越來越小，「那個野生的穿越者其實不該存在，那是bug。」他也是滿心苦水無處倒啊！「這種私人契約本來就不該成立！好吧，雙方成立就成立了吧，我就說這個天道是智障……但是他根本沒執行啊！只顧著談戀愛，明明他答應她弟報仇的啊！跟仇人滾床單是哪招……」

「所以他被天道消滅了。但是現在消滅有用嗎？就是這個野生的穿越者，遮蔽了三年！三年啊！連凍結時間都來不及了！這條命運線要毀了……嗷！」黑貓跳了起來。

隱身狀態的他居然被準人瑞的杯子砸中了！

這不可能！（瞳孔放大）

準人瑞氣勢驚人的陰風慘慘，「都要毀滅的命運線，你叫我來幹嘛？」

「……他們是同卵雙胞胎！命運是有極大部分的可替性！」

準人瑞努力回憶了一下這個世界的生物學，然後臉色更猙獰，「龍鳳胎會是同卵雙胞胎?!你要不要在這個世界重讀一下國高中?!」

黑貓居然不講話。

這種沉默有種重大的不祥感。

準人瑞拚命搜索記憶，然後摔門進浴室仔細檢查身體。就一般水準來說，這個禍根子太嬌小可愛了。

朱訪春和朱訪秋長得一模一樣，身高體重也相差無幾。

朱訪秋從沒有進過醫院。從小就是身為醫生的父母看病，父母過世後就是朱訪春為他看病。

「朱訪秋是假性雙性人?!」準人瑞失聲喊出來。

這世界太戲劇化了！

黑貓依舊沉默。

她感謝自己亂七八糟的知識知道一點兒。所謂假性雙性人，其實就是生殖器畸形，容易被誤認性別。基本上因為性腺不足，也可能發展出喉結等男性特徵。

但如果檢查基因還是能查出真正性別。只是誰沒事會去查基因。

（關於假性雙性人，詳情請查google）

準人瑞感覺頭好疼。然後還有更頭疼的。

朱訪春智識超前一世紀，是基因科學界的天才。朱訪秋也不遑多讓（不是那個野生穿越者），起碼也超前半個世紀，是首創全息網遊的天才。

……只是這兩者好像沒有可比性。

試問，全息網遊拯救世界的可能？

或許樂觀一點，從頭學起？可惜，朱訪秋從國中開始生物一直不及格，是化學的蠢才。

絕望的是，朱訪秋因為基因缺陷，只剩下二十年可以活。

二十年從頭學起，從生化蠢才突破她姐的成就？再給五倍時間說不定可以啊哇哈哈……

準人瑞大人沒有生氣，真的沒有。

她很平靜的捲起袖子，決定先把黑貓掄在牆上摔死，然後自殺。

真的一點都沒有發火。

讓準人瑞大人動真怒的是，黑貓居然會穿牆。

以致於大人沒得殺貓後自殺，氣得肚子都餓了。然後在未來世界中應該很落後的這個世界居然還沒發明營養劑，泡麵還特別難吃。

正在陰惻惻的計畫將害死朱訪春的所有強暴犯弄死時，意外翻到一個機型有點老的平板電腦。好不容易找到充電器並且充好電，才發現，是朱訪春的平板。

資料幾乎被刪光了，唯一的漏網之魚是上了聊天軟體之後，發現的聊天記錄。和朱訪秋的聊天記錄。

「姐弟」感情很好，領域雖然不同，夢想卻都很偉大。

朱訪春想要破解基因污染問題。因為想要讓女性擁有「人人平等」的希望，首先就必須釜底抽薪的解決比例懸殊。不然現在的女性處境非常淒慘，說是被「保護」還不如說是被圈養，失去的不僅是寶貴的人身自由，連人格自我都不斷的被貶低中。

但是不受保護的，基因已經被污染的女性呢？那更慘，完全淪為玩物，連人都不是。

她想為之奮鬥的，是和她相同性別的人類。

朱訪秋的全息遊戲夢其實只是個漂亮誘餌。他想讓人類多餘人口休眠。所謂「多餘人口」，就是犯罪率極高，卻被人道團體「關懷」取消死刑的反社會罪犯。無法將他們合法隔離於社會，只能找個「仁慈」的方法終身拘禁。

只要全息遊戲能夠推廣開來，那麼劃上一片大陸，讓這些反社會分子冷凍休眠就不是那麼難以接受。

這些夢想都很好，可惜雙雙年少而夭。

在她的世界，「折翼天使」早就成了另一種嘲諷。

但容她回歸最原始的意義。

朱訪春和朱訪秋，是一對折翼的天使。

折翼得讓人惋惜，繼而悲慟。

準人瑞大人靜默的坐了一夜，想了很多。

她可能有嚴重仇男癌，可能有點反社會，可能有許許多多數不清的毛病和問題，是個差半步就會危害社會的人物。

之所以沒有造成治安問題，只是因為她的健康實在不允許，並且先一步被寫作的暴君捕獲。

但她依舊是個人類。是堅守生物原則，並且偶爾會心軟的人類。

所以她決定，先把強暴犯全清理了，然後設法達成朱訪春的遺願。

什麼？朱訪秋的？拜託，她只有二十年。而且她從來沒聽說過全息網遊能夠拯救世界的。

那種玩網遊玩到成神破碎虛空的小說她都不看。

她堅信，網遊成神作者的邏輯，絕對是抽象畫老師教的。教育問題她是不願意參與討論。

結果執行第一步就遇到重大困難。

找到強暴主犯不難……馬的他就是天下總受的男主角攻。頂著這個殼子把「男朋友」叫出來簡單，讓他喝下摻安眠藥的飲料容易……

不容易的是正要掐死他的時候，銷聲匿跡已久的黑貓出現了，並且咬著她的小腿。

「你稍等。」忍著痛，準人瑞大人和藹的對黑貓說，「等我掐死他，將他推入水庫之後，就順便讓你下去團圓。要知道監視器死角不容易找，不能浪費。」

「……我跟他一點關係也沒有，談不上團圓！」黑貓帶著濃重的哭聲，「別別別！隨便妳想幹嘛，但是絕對不能殺人！只要親手殺死人類，就會被天道毀滅啊！」

準人瑞二話不說，將依舊昏迷的男主角踢進水庫。

「這有差別嗎？」黑貓慘叫，「快將他救上來啊妳幹點凌虐毆打還比較解氣不是嗎一下子弄死了他一點感覺也沒有！」

「有道理。」準人瑞點頭，跳下水將淹去了半條命的男主角救上來。

準人瑞是個從善如流的人。

可惜沒準備足夠的道具，場所也不合適，所以準人瑞只是解下皮帶，將男主角抽了個體無完膚，就遺憾的將他放走了。

解開繩子還有個小插曲，男主角在準人瑞轉身時意圖偷襲。

雖然換了殼子，無雙譜只複習了個把月，但是一個睜開眼睛就能把個大男人拎住後脖子往牆上掄的前武林高手，敢偷襲下場真的有點慘。

準人瑞「不小心」將他四肢關節拆了。

黑貓從四肢開始，竄上的寒氣直抵靈魂。

被她一瞥，全身上下沒有一個地方不顫抖。

第二天準人瑞被請去警局了。拘留不到二十四小時又釋放了。

那是當然的。

既然是輪暴，當然不會只有一個犯人。以男主角為首共計十三人，她就算再蠢也不會宰了男主角，就直接去監獄吃牢飯吧？她看起來智商欠費待繳嗎？

「絕對不能殺人」這個規矩她仔細思考後，也決定遵守了。

她也死亡過。這些強暴犯的罪行不是死亡就能償還的。

所以改變主意後，她還是將四肢因數分解的男主角接回去了，仁慈的將手機還給他。

之前佈置下的不在場證明依舊好用。

這個時代的監視器絕大部分都由警署監控，就朱訪秋而言，警署防火牆有跟沒有一樣，系統宛如身嬌體柔易推倒的小蘿莉，還特別容易洗腦。

就監視器看來，他們倆在上車前就分開走，男主角一個人開車去水庫，準人瑞大人步行回家。

對一個掌握全息技術，並且是超一流駭客的人來說，簡單得比吃飯還容易。

結果就是這樣。準人瑞無罪釋放，男主角因為「情侶口角」浪費警察資源，拘留四十八小時。

準人瑞準備暫時放過這票強暴犯。

主要是無雙譜還沒複習到位，不然對待這票強暴犯只要點幾個穴就足以讓他們下面那塊二兩肉永垂不朽了……保證這輩子再也沒有翹起來的希望。

是，沒錯。把他們閹了還是不能完全阻止他們的暴行。但是不閹就能阻止他們的暴行嗎？別鬧了。

男人有一半的自信是由那根禍根子而來。她就是要優先摧毀這群強暴犯的自信、尊嚴，讓他們恐慌焦躁痛苦，連靈魂都為之顫抖。

把他們廢了不過是利息罷了。

不急，他們跑不了。

準人瑞將注意力集中在複習無雙譜以及朱訪秋的記憶。

朱訪秋的腦子的確好使……只要是跟程式有關就跟開了外掛似的，聞一知十。這世界和她原本世界的科技發展軌跡相似，也是從類似C語言之類的發展起來。

她年輕的時候曾經試圖自學C語言，不知道為什麼總是有地方轉不過來，除錯除得欲生欲死。其實她明白，這是學習必經的過程，但是當時謀生困難，她實在沒有時間繼續玩下去……只好放棄了。

朱訪秋真是厲害。準人瑞大人在複習記憶時也受惠良多，算是圓了一個遙遠的夢。

當然，比起全息技術，其實準人瑞大人對病毒和駭客其實更有興趣得多……咳咳。

總之，花了半年的時間，無雙譜熟練度達到百分之五十，朱訪秋掌握的知識卻接近百分之百。

沉浸程式其中的玄妙感真是難以言喻，全身全靈的感到美妙。總是覺得時間太快，沒什麼感覺一個下午就過去了。

與之相反的，就是生物化學的進度。

她上網買了從國中到大學的網路課程，半年過去，國中生化都還沒讀完。她不得不承認朱訪秋真的是生化蠢才，而她自己……也沒高明到哪去。

沒辦法，她很想讀進腦子裡，卻好像每個字都會反彈出來。

緊張兮兮盯了她大半年的黑貓終於放棄了。「非戰之罪。這任務完成不了了。」他非常沮喪，「還不如將鄰近的小千世界鞏固起來，這世界註定沒救了……」

經過半年沉澱，準人瑞平和許多。「還沒有到最後。」

「沒用的。朱訪秋的資質……再給他七十年說不定勤能補拙，但他並沒有七十年。」

「唔。」準人瑞漫應了一聲，「行了，就讓我自己折騰吧。盯著我也沒用，還是去忙你的吧……你應該還有很多要盯的人。」

黑貓張大嘴看著她。我發誓我從來沒有提過！

「喔，對，天道守則除了絕不可殺人，還有別的必守嗎？」準人瑞回頭。

「……沒有。」

準人瑞揮揮手，「去吧去吧，你我腦洞不是同個水準。」

讓黑貓摸不著頭緒的是，「朱訪秋」回到雷霆全息科技股份有限公司。他就是在雷霆建立起全息網遊的架構。

即使離開三、四年了，依舊掛著技術總顧問的名字，每個月乾領薪水。

他脫離失去雙胞胎姊姊的傷痛，重回雷霆，從上到下都舉雙臂歡迎。

「……全息網遊不能拯救世界。」黑貓臨走時不安的說。

「直接不能，間接說不定可以。」忙得抬不起頭的準人瑞敷衍。

她在新聞裡看到軍方想介入「雷霆」。因為在雨後春筍般的全息網遊中，只有雷霆的擬真度達到百分之八十五。

真聰明。雷霆規劃的全息網路遊戲「理想國」擁有非常強悍的技術，大約可以模擬當今軍方八成的軍火。

還有一點沒有公開的是，擬真的ＮＰＣ能擁有九成左右的人類真實反應。

這些都是數據而已。軍方用全息技術來演練真是省錢又逼真，事半功倍。

但是不行。雷霆標榜的企業文化就是反戰。

準人瑞大人知道，她的機會來了。

所以她重返公司，並且遞交了一個企劃書。

為了避免軍方介入，朱訪秋建議，讓學術界介入。既然理想國已經有了大圖書館和擬真度非常高的煉金實驗室與鍛冶工坊，為什麼不能加開「物理實驗室」、「生化實驗室」等等？

在全息網遊中，這些不過是一串數據。可在現實中，這是大把大把的錢……實驗室常常出不起的錢。

這個企劃毫無意外的通過了。當然，主要是朱訪秋挑大樑。當中有許多問題需要攻克。

在「世界即將毀滅」前，什麼事都不算事了。

五年。朱訪秋足足花了五年帶隊攻克了理想國的「擴建」。

額外付費制，但是租用實驗室的價格非常低廉，算是對於學術的鼓勵。當然，獲取的聲望也是大把的。

另一方面，準人瑞大人也在推動「冷凍休眠在理想國」計畫。

人類也不完全是又瞎又蠢的，完全知道這麼繼續下去人類只有滅亡一途。十年前就已經開始改造火星——沒辦法，當先科技談什麼衝出太陽系都是不切實際的幻想。

這個計畫叫做「伊甸園」。篩選基因未受污染的適齡少年少女移居火星，設法將火種傳下去。

準人瑞可以說是強迫推銷。火星只是個開始，成功的話應該會設法衝出太陽系吧？到時候長期太空旅行，還有什麼比冷凍休眠時，在理想國徜徉更好呢？

能夠減少許多後遺症與犯罪傾向……尤其是性犯罪。

不管怎麼樣，朱訪秋忽悠成功了。她替雷霆爭取了一大筆經費，得以實驗冷凍休眠中能否在全息遊戲中保持永動上線。

所以這五年她相當忙。可百忙之中，她還是請了家教來教國高中生物化學。

看起來一團亂麻似的瞎攪和，其實準人瑞一直都知道目標是什麼，該如何。這五年沒有一天是白費的。

恢復了之前五成功力，準人瑞大人一個晚上就完成了收利息的壯舉。

雖然說法律制裁不了她，現代醫學和頂尖武林絕學交手，現代醫學完敗……連病因都找不出來，如何指控她呀？

但是被她在身上點幾下就此不舉，強暴犯們總知道的吧？自己打不過總能聘人來出氣。

準人瑞有點難過。如果拿槍出來她可能還得稍微認真一點。結果這夥據說很專業的傢伙抽出跟水果刀差不多的藍波刀（之類）。

二頭肌、三頭肌什麼都非常發達，可惜一身肌肉都是裝飾用的。

一個照面就是一個人趴下……腿斷了。散步一圈就沒一個能站著。

在這個四肢不勤的時代，出手處理幾個螻蟻似的弱雞……準人瑞大人湧起一股獨孤求敗的寂寞。

就是有點兒不爽，所以她一個個按門鈴上門揍那十三個強暴犯。

嗯，若是在武林世界，她造成的內傷根本不值得一提，就算是最粗淺的內功行一周天啥事也都沒有了。就算沒有內功，哪個大夫不會針灸啊？不過是滯氣，扎幾針疏散就是了。

可惜，這個世界既沒有內功，也沒有針灸。

所以滯氣後會慢慢感到胸悶，頭痛，呼吸不順暢，情形會越來越嚴重。大概能挨個一、兩年吧……然後某天深受刺激嘎繃一聲，突然中風癱瘓。

完美。

想識破？等X光照得出什麼是滯氣再說吧。

連「深受刺激」事件她都準備好了。早早的，她就將該團隊研發資料都駭光了。

……雖然當前智識看不懂。

不過沒關係，那群強暴犯倒是看得懂，卻只能盯著這份「人類曙光」乾瞪眼兒，都快十年了，一點進展也沒有。

所以她要好心的告訴該團隊的金主，這群人離了朱訪春屁用都沒有。

在她準備親自實驗「冷凍休眠上線」的前一天，知道了該團隊被迫解散，當場就有四個人深受刺激昏迷，當中就有男主角時……她笑了。

別著急，慢慢來。一個都別想逃過。

「我看不出來這有什麼用。」百忙中黑貓終於回魂，「任務並不要求妳復仇。」

「嗯，順手而為。沒花工夫。」準人瑞漫應，「我進入理想國，還能跟你連絡嗎？」

「可以是可以，」黑貓更糾結，「但十四年……來不及的。」

準人瑞笑了，她難得笑得那麼溫暖。卻讓黑貓感到無比膽寒。

「你知道……現實和遊戲時間是1：5嗎？」準人瑞自信的點點頭，「所以該用最有利的條件去爭取彌補不利的部分。要把腦洞開正確可不是容易的事。」

她準備好一切，有了個現世都不可能擁有、可以不斷擴充的完美實驗室。

並且多了七十年的光陰。

直到朱訪秋躺進冬眠箱，並且進入全息遊戲理想國，黑貓的下巴還沒合上來。

同事在理想國看到朱訪秋，靜默了幾秒。

「怎麼這個bug還是沒修好？」同事哀嚎，「我敢肯定是技術部門的問題，程式部絕對沒錯！」

準人瑞含蓄的微笑。「不過是性別錯誤，不妨礙什麼。」

是的，在理想國，朱訪秋呈現出來的是女性。雖然稀少，但是這種非常規錯誤的確會出現，所以同事只是不滿一下下，卻沒多想。

準人瑞感慨，人類對性別認知還是相當粗糙的。相較之下，系統就精緻許多，會呈現真實性別。

面對鏡子，全息遊戲中的她更像朱訪春了。知性清麗的臉孔，窈窕纖細的身材。穿上白外套，戴上鎢絲眼鏡，那就更像了。

這次她活的是兩個人的份。是同卵雙胞胎心血凝聚的份。是朱訪春，同時也是朱訪秋。

是這對天真理想主義者的夢想。她一定要讓她們的夢想展翅飛翔。

傾家蕩產就為了之後二十年的家教。

反正那些錢於她如廢紙，不成功便成仁。包辦了感應艙月費和家教費，這實在太有魄力，魄力得讓人嘲笑了。

但準人瑞會放在心裡嗎？別傻了。誰會在意愚蠢凡人的短見。

不管這些家教們怎麼想吧，最少他們非常盡心。畢竟準人瑞是個慷慨的學生，每天只要求最少兩個小時的上課時間，其他時間就自便吧……還能盡情探索理想國。

準人瑞大人也沒將自己逼死，一天上課六小時，其他時間都設法消化吸收背誦。

上課沒幾天，她發現有個小姑娘趴在專屬實驗室外，著迷的望著玻璃內展示的生化講義。

準人瑞開門，小姑娘瑟縮想逃跑。

「……等等！」準人瑞出聲，鬼使神差的，「明天早上九點……呃，遊戲內的早上九點，有老師開講生化。」

小姑娘一臉震驚的看著她。等準人瑞轉身，「那、那個，小姐，」她結結巴巴的說，「我、我可以旁聽？我不講話，我就是聽……」

準人瑞有點難過，「當然。」

原本打算獨善其身的準人瑞終於多管閒事。她專屬實驗室所在地，是理想國首都。

利用玩家也能發布任務的功能，她貼了個沒有報酬的任務。

事實上就是她的課表。任何有興趣的人都能夠旁聽，並且發問。

她原本就只是想做個安心。因為她有種不太妙的猜測。

可以的話最好沒人來。能夠開心的「在哪殺幾隻報酬是什麼」的玩樂就好了。

結果第一天招了三個女生，包含了那個小姑娘。第二天多了兩個。漸漸漸漸的，滿班了。

都是女性。

她們早已經無法正常上學。為了有效控制，能上的學校已經淪為新娘學校。

真是人類文明的大倒退。

能玩理想國，也是希望能夠減少圈養女性的不滿，說不定也是另一種精神麻痹。

老師還沒來，準人瑞俯瞰著一雙雙求學若渴的眼睛。「我們來讓他們後悔死，後悔沒有注意到……這個巨大漏洞。」

雷霆非常注意朱訪秋這個自願實驗對象。事實證明，他的腦子真是好使，提出的企劃都獲得金錢或聲望的巨大收穫。

雖然在理想國裡擁有一整個基因實驗室，並且還一本正經的請家教，好像真要走研究路線讓人發笑……但的確有相當的數據可以糊弄學術界，並且樹立正面形象，顯得全息網遊不光光是在玩兒而已。

所以他異想天開的要招旁聽生，打出「全息學習」的口號……似乎也不是太離譜。糊弄家長增加感應艙銷售量挺好的。那麼點家教費，雷霆還不看在眼底。

這個企劃拍板通過。

只是不知道誰糊弄誰。

在欲生欲死的用功中，準人瑞大人透過雷霆邀請了不少優質師資，偷偷涵蓋了科學、法律和社會學等幾大類。包裝得好似新鮮的噱頭。

一點也不意外的，女學生的數量遠超男學生。

雖然被功課虐待得快笑不出來，準人瑞大人還是僵硬的笑了。

她足足花了遊戲裡五十年的時間，現實的十年。

能夠成功，不只是黑貓很意外，她自己都很意外。一個生化蠢才能將曙光化為真實，當中血淚交織已不堪問。

但準人瑞就是這樣的一個人。她會逃避工作，懶得連滾都不想打。可是一旦開始做，那就沒有煞車可言了。她會忘記一切，瘋狂似的燃燒所有。

中間有幾回她也覺得自己撐不下去了。但在把房間鎖死，在裡面狂叫發洩過後，還是冷靜的回到研究室。

……其實到後期她已經感覺到自己心理不太正常了。

幸好發瘋前研究出基因改造劑。

此時以「讀書會」名義聚集在她麾下的女會員已經有數萬了。

只能說她的麾下也是瘋狂的。居然相信她、按方製造出基因改造劑，並且祕密執行了人體實驗——用女會員自己的身體為實驗對象。

成功了。

於是，在暌違已久後，再次誕生了名為「夏娃」的女嬰。

接到短訊，並且看到夏娃的照片，準人瑞大笑，瘋狂大笑。

她興奮的將準備已久的病毒引爆，全世界將近八十趴的螢幕都黑了，一面將基因改造劑藥方傳送到所有被病毒控制的主機、手機、雲端硬碟等等……一面在鎖死的、全息網遊中的實驗室裡，向全世界廣播。

「愚蠢的凡人們，我有個好消息要告訴你們這些低等生物。」準人瑞大人揚眉吐氣，早就想這麼幹了。

「即將讓人類滅亡的基因污染問題已經解決，基因改造藥劑處方，已經寄送給所有硬碟容量足夠的每個人。」

「其實我並不想拯救你們這些低等、下賤，只用下半身思考的愚蠢生物。如果能跳過，我一定會跳過你們……可惜，這世界還倖存女性。她們太無辜了。」

「所以感恩吧，愚蠢的凡人。我，朱訪秋，為了姊姊朱訪春的遺願，還是大發慈悲的拯救你們了。雖然我覺得你們愚蠢低賤的基因不值得保留。」

她面對著攝影機，笑了起來。那是一抹充滿惡意，惡意的那麼危險的笑容。

「你們是因為朱訪春才得救，千萬不要忘了。」

她應該成為全民公敵了吧。因為全世界還沒搞清楚狀況。

那又怎麼樣？

她保持著那種濃重惡意的微笑，臉龐開始模糊，碎裂成極小的光粒，漸漸消失。

冷凍箱發出尖銳淒厲的警報長鳴。因為不可解的緣故，朱訪秋的內臟飛快衰竭，死亡。

希望他們會喜歡我最後的禮物。

基因改造藥劑的確能夠解決基因污染問題。只是有個小小的後遺症。

之後誕生的女嬰智商將高過男嬰百分之二十左右。

男女終於平等了。

仇男癌晚期的準人瑞心滿意足的想。

休息時間

歸來的準人瑞連眼神都沒跟黑貓對上，就爬上床立即睡死。

滿肚子話的黑貓被噎住。

表面看起來，這個任務達成得非常完美。但這只是表面。

的確，人類得以延續，這條命運線點亮了……雖然顏色不大對勁，但終究還是點亮了。

實際上呢？

被準人瑞大人插手過的這個世界，婚姻制度幾乎完全被破壞了啊！

從初代女嬰成年後，發話權漸漸的掌握在女性手中。智慧真是個大殺器，在當代，男性武力早慢慢失去優勢，更不好的是，因為基因改造藥劑的後遺症，那二十趴的智力居然促進了精神力的開發和運用……

男性淪落到連武力都快成為笑話的劣勢！

最後女性走出家庭……不，應該說，解構了原始家庭結構。她們認為，在養家活口時，男性倡導男女平等，所以女性也必須出外工作。但涉及家務和養育子女時，男性又倡導這是女性身為母親的天職。

亞洲的情形更雪上加霜。飽受儒家渣滓餘毒的侵害，女性有任勞任怨奉養公婆的義務，男性卻沒有照顧岳父母的責任。

再加上財產分割、子女撫養權，女性一直以來飽受的劣勢……

這完全侮辱女人的智商。婚姻裡還要男性做什麼？不，還要婚姻做什麼？

女性開始結成互助小團體，並且在一生中最多生育兩個子女，由互助小團體共同育兒。加強社會福利，強推懷孕假與哺乳假。婚生子女變得沒什麼希罕，非婚生子女願意登記父親，是因為避免將來子女不慎與三等親內結合的悲劇。

傳統婚姻崩潰，不受法律保護的走婚制盛行。成年男性完全被剝離於新型家庭之外。

……這真的沒有問題嗎?!

但是那個世界的天道卻非常平靜的接受這點異常。之後也運行得……有些詭異的和諧。

黑貓監控者所屬的大千世界儘管千奇百怪，但是總是有比較類似的世界觀。譬如婚姻。

不管一妻多夫還是一夫多妻，甚至一夫一妻多妾制……總歸還是有婚姻制度。讓他如此難以接受的是婚姻制度崩解，天道居然覺得沒問題。

他總覺得有哪裡不對。

或許，還是，選錯了執行者吧……？

為什麼她總是能把任務完成，但執行歪了呢？

黑貓感覺糾結，非常糾結。

他想打電話給上司……

但這個理論上是死局的任務完成了。

當初他的心情就是：愛因斯坦意外在十歲夭折了，他臨時抓隔壁的智障兒從頭教育起，期待智障兒能啟發後人發明相對論。

……明明不可能。

可是智障兒不但發明相對論，還扔了兩顆原子彈，順便把父權社會改成女權社會了。

他沒打電話。但是更糾結了。

命書卷參

公主夢醒

準人瑞大人盯著天花板，洶湧起來的是兩倍的起床氣。

黑貓你出來，咱們來談談人生，我保證不打死你。

嗯，先從為何我好端端的在睡覺，被你偷偷引進任務說起好了。引進任務就算了，為什麼會渾身發痛，很明顯在發燒？

終於，發現了坐在地上的黑貓。

「這世界沒有什麼危險，純粹當放假。加油。」空洞的說完這幾句，黑貓顯得更空洞。

準人瑞忍著全身疼痛，拎起黑貓。呃，剛那是留言吧。現在黑貓的魂不在了。

或許發生什麼緊急狀況？

準人瑞思考著。

其實她早就推論出來，如她這般的執行者很多很多才對，對應各式各樣的世界觀……不說其他，將她扔去埃及類似文化線，她都要當機然後燒主機板了。

若是循這條線去思考，就會發現黑貓神祕勢力光分配任務就做了無數篩選配對，修補世界也怕是險象環生。

……不能再細想了，太恐怖，我會怕。

原本想蹂躪一下黑貓的殼，終究還是下不了手。準人瑞大人缺點多如繁星，但也懂得尊重認真工作的人。

輕輕的將黑貓擺在床頭櫃，她從識海的抽屜找出這次任務資料。

果然是度假專用，非常簡單輕薄的世界。

人手一隻智慧型手機的時代，和她生活過的二十一世紀相似，稍微有點違和的是，依舊保留著七月全國聯考的習慣。高中聯考、大學聯考，競爭非常激烈。

嗯，理解。神祕勢力方的所有世界於她都是架空吧，稍微有點不同完全理所當然。

這次的目標名叫杜芊芊。是個纖細敏感的少女，生在只有爸爸的單親家庭。父親待她很冷漠，幸好青梅竹馬的薛濤在國二時跟她告白了，還有愛情成為心靈支柱。

但是大二時，薛濤說「妳不是我喜歡的典型」就跟她分手了。杜芊芊痛不欲生，出國十年才有勇氣回國面對。後來將所有的心神都沉浸在醫院裡，成為一個悲天憫人的好醫生。

至於杜芊芊對世界決定性的影響……居然是密件，此刻她權限不足。

好吧，這不重要。

重要的是，某個誤將天機當靈感的作家，寫了部校園愛情小說。薛濤榮任男四……你沒看錯，薛濤連男配角都沒混上，直接成了女主角第三個備胎。而薛濤待女主角為何會這樣無怨無悔，最後還為女主角擋刀死了……是因為女主角長得像是他的初戀情人。

薛濤心目中永遠的白月光，他的初戀，在大二時跳樓輕生了。

是的，為了劇情衝突性，杜芊芊跳樓了。

……

準人瑞有種不知道從哪兒吐槽起的無力。

她反省自己有沒有寫過這樣傷及無辜的小說……很欣慰她只會寫一對一，雖然被罵過「寫愛情小說毫無深度」。

我謝謝你全家。我就是討厭那種「深度」。不當小三由我做起，懂吧？人人都能自我約束一點，拒當小三、不曖昧，世間就多了無數真善美懂不？

……咳咳，又離題了。

她瞥了一眼在左心房的「杜芊芊」。只能說運氣不好，跳樓死的模樣非常慘烈。但她願意救林大小姐，卻不願意救杜芊芊。

林大小姐是力戰而亡的好嗎？杜芊芊卻是嘎崩一聲跳樓了。

她既然能修補更改命書，準人瑞相信，命書其實是可逆的……或許需要堅強一點的意志力。

好吧，她就是彆扭。杜芊芊違逆了準人瑞的生物原則，讓準人瑞大人看不順眼。躺著吧，慢慢涵養也能將腦漿收回腦殼。準人瑞大人滿含惡意的想。

她過來的關鍵點是杜芊芊十五歲，剛開學，她感冒發燒在家休息。

整理完資料和記憶，燒也慢慢退了，天色漸暗。

「芊芊，妳好點了嗎？」一個胖胖的中年婦人走進來，神情有些憂慮。跟記憶對上號，是照顧杜芊芊好幾年的周媽媽。負責打掃做飯，其實做完晚餐她就能下班了。

「周媽媽，我沒事了。」她有點沙啞的說，微微一笑。

周媽媽訝異的看著杜芊芊。今天芊芊脾氣特別好，居然沒使性子。讓周媽媽更摸不著頭緒的是，芊芊今天居然沒挑嘴，給什麼吃什麼……而且沒攔著她下班。

笑著將不安的周媽媽送出去，準人瑞的笑容立刻消失。

為什麼跟杜芊芊記憶嚴重不合？周媽媽不該是非常馬虎、待她很不耐煩，故意做飯很難吃的更年期老太婆嗎？

有什麼地方不對。

更不對的事情發生了。

晚飯後，據說非常無情殘酷、無理取鬧的父親，打了越洋電話過來，開口就是，「親親女兒！今天過得好嗎？爸爸好想妳啊～～」

準人瑞當場石化。

呵呵，這怎麼辦？準人瑞的親生老爸在她九歲時就為了「追求真愛」跟女人私奔了說，她對爸爸這種生物一點了解也沒有。

「……下午有點發燒，現在已經退了。」她無措的回答。

「什麼?!」電話那頭的「爸爸」異常激動，「看過醫生沒有？吃藥了沒有？寶貝女兒難過吧？爸爸錯了，爸爸立刻回去！」

電話那頭騷動，應該是那個爸爸的屬下正在力阻，合約什麼的好像沒談好。

準人瑞的石化上出現些許裂痕。

「爸、爸爸。」她勉強出聲，「真的已經好了……還是好好工作吧。」

「不過是幾個億的事情。」爸爸很堅定，「那些都沒有乖女兒重要。」

準人瑞覺得自己石化後全碎。

「可是爸爸，」終究準人瑞是非常機智的，「我覺得認真工作的爸爸最帥。」

講到手機發燙，那個據說「異常冷漠」的爸爸才被說服，依依不捨的掛了電話。

他本人沒回國，卻將他百萬年薪的高級秘書叫來探望杜芊芊。

無情冷酷、無理取鬧？

準人瑞真想噴杜芊芊一臉的呵呵。

原來原身的記憶也有可能不可靠。

準人瑞大人皺緊眉，冷靜而客觀的重新審視記憶。

然後，然後準人瑞大人就發飆了。

嗯，杜芊芊她爸在杜芊芊很小的時候跟她媽離婚了，之後一直沒有再婚。

——但杜芊芊覺得她爸在外居然疑似有情人簡直不可原諒。

她爸在杜芊芊小時候會親暱的抱著她，「爸爸最愛芊芊」，十歲以後改摟肩膀台詞不變，十三歲以後只溫柔的看著她，不再有肢體接觸。

——杜芊芊認為她爸果然是厭煩她了。

她爸的工作非常忙碌，回家的時候很晚，杜芊芊早睡了。所以都是躡手躡腳的回房睡覺，連打電話給女兒都怕打擾到女兒作息，只有晚飯後才敢打電話。

——杜芊芊覺得她爸待她異常冷漠。

她爸覺得人生有起有落，所以提供給女兒的生活只是舒適而不是奢華。

——杜芊芊認為她爸賺那麼多錢卻對她非常吝嗇。

…………

準人瑞想吊打杜芊芊。真是「人在福中不知福」的典範。

她如果有這樣一個「百萬好爸爸」，她半夜都要喜哭了好嗎？

關於杜芊芊跳樓的記憶非常糊，但她也沒有追究的欲望了。重點不過是，別跳樓。把這個關鍵熬過去，一切都沒問題。

畢竟這是個和平穩定的時代，不會有生命危險的……

結果此刻的新聞正在播放綁票勒贖未果，小肉票被撕的報導。

小肉票跟此時的她同齡。

準人瑞立刻關了電視，開始練無雙譜內功心法。

還以為脫離了「智體並重」的生活呢……然後她僵住了。

十五歲，國三。今天是九月六號，而九月三號開學。所以說……不到一年就要考高中聯考了。

準人瑞大人哭了。

當她是林大小姐時，學文練武了十年。當她是朱訪秋時，學文練武了五十多年。

現在，她是杜芊芊。依舊沒擺脫智體並重的任務。

這個書，真念個沒完了救命！

準人瑞大人異常憂傷。

不過也沒憂傷太久。懷著必死的決心將所有課本拿出來，發現英數理化異常簡單。

……原來朱訪秋被學業虐待半世紀還是有收穫的。準人瑞大人淡淡憂傷。

不簡單的是國文、歷史、地理，完全是另一個世界的事了。不過還好，只是背誦而已。

身體還有點疲憊，雖然退燒了，好像還沒好全。

她愉快的決定再請幾天假。

結果第二天下午就見到杜芊芊痛恨的「渣男」前男友。

正在抽高個的男孩子都瘦，薛濤也是如此。鵝蛋臉，下巴笑起來時微凹，大大的眼睛，垂下眼簾時有漂亮的內雙。眼神很柔和、乾淨。

有點像是少年版的林青霞。

準人瑞內心暗暗的嘆口氣。或許她是個冷血的老太太，還沒見到薛濤之前，她就不認為薛濤是個渣。

是啊，國二談戀愛到大二，這麼長的時間，說分手就分手了。但終究是分手不是欺騙，也沒有騎驢找馬。

她覺得這樣才是一種負責任的態度。

難道要不合適還硬撐下去，最後結婚等離婚嗎？她一直認為戀愛需要學習，並且練習。大部分的人都沒有那種「第一次戀愛就命中註定」的運氣。

關於大二分手事件，她仔細冷靜旁觀。只能說，不是誰死了就是誰對。自殺真是超級不負責任的。

對著這個小孩子，她實在沒辦法為他還沒做的事情報復。

或許將分手事件提前？呃，好像現在的薛濤還是很愛杜芊芊的吧？不到一年就是高中聯考了，會不會影響這孩子的成績呢？

準人瑞很傷腦筋。

薛濤毛骨悚然。

芊芊的眼神好奇怪。為什麼，好像，充滿和藹和慈祥？

哈哈，一定是今天上課太累，他的眼睛出問題了。

少年帶來筆記和講義。筆記還細心的拷貝好，標上各種顏色的重點。

準人瑞真是深受感動……然後感覺到更多的尷尬。

「……謝謝。」她侷促的溫柔一笑。

少年的心百花怒放，春天降臨了。

杜芊芊有張清秀的、巴掌大的臉孔。一種知性美，完全是典型的好學生。不到肩膀的長直髮，三七分，夾著一排黑髮夾固定，露出光潔的額頭。帶著細框眼鏡，笑容中總是壓抑著悲傷，並且帶著脆弱的堅強。

青梅竹馬一起長大，他知道芊芊總是面對著空空蕩蕩的家裡，沒有媽媽，爸爸總是忽略她。

讓人無比心疼。

他想讓芊芊快樂起來。他已經好久沒看到芊芊不帶悲傷的、真正的笑。

……可惜少年和老太太的腦波完全不在一個頻道上。

精明的準人瑞察覺氣氛中帶著太多的粉紅色，毅然決然站起來翻冰箱，「等等啊，看我連杯水也沒倒，太失禮啦！」

不、不用啊。薛濤的手伸在半空中，有點失落。不要把我當客人。

準人瑞倒了杯果汁，然後飛快的削了個綜合果盤，連叉子都準備好了，七彩繽紛的端出去，色香味俱全。

這個年紀的小孩子還是很容易轉移注意力，而且，怎麼吃都吃不飽的。所以憂傷還沒發芽，已經被食欲淹沒了。

準人瑞非常親切的招呼少年吃水果，並且詢問學校發生什麼趣事。說真話，一個寫作七十五年的準人瑞作家想呼悠十五歲少年，那叫做桌上拈柑，什麼力氣都不用費，就可以讓他如沐慈風中。

短短半個小時就能逆轉「杜芊芊」的既有印象。

可惜沒辦法完全逆轉。

因為準人瑞送薛濤出去的時候，少年輕輕的將手放在杜芊芊的肩膀上，「照顧好自己。」然後漲紅著臉，匆匆的下樓……連電梯都忘記搭了。

準人瑞僵住，目光朝向剛被拍過的肩膀。然後，她感覺到頭疼與糾結。

她的演技非常不行。最少，她沒辦法跟十五歲的少年演什麼純愛。

曾孫的孩子都比他大好嗎？她沒有戀童癖好嗎？

這真是她死後最大的危機。

在她銷假那天，凝重的複習內功心法——真不明白為什麼一日千里，短短一週就恢復了三成功力——她想著今天一定要跟薛濤分手。

結果搭電梯下樓，電梯門一開，少年眼神溫柔，笑得一臉陽光燦爛的遞上三明治和牛奶。

準人瑞卡殼。

薛濤有些害羞的低聲，「走吧。」然後走在前面，發現杜芊芊原地發呆，「芊芊？」

準人瑞四肢發僵的跟上……發現薛濤跟她保持三公尺的距離。

欸？喔。對喔，這時代的國中生還含蓄得要死，所謂一起上學放學就是保持三公尺一個走前面、一個走後面。連等女朋友放學都必須要鼓起莫大的勇氣，並且還要常常被訓導主任耳提面命，不小心會記過。

……真是個可愛的、純情的年代。

準人瑞將心放在肚子裡。這個分手問題還不是很緊急，等考完高中再說。這種連手都不牽的「初心者階段」，她那可悲的演技也能敷衍。

她小小的開心起來。

偷偷回頭看她的薛濤，整個心都充滿了甜蜜蜜的楓糖味兒。

芊芊開朗了好多呢。

沒有抱怨、沒有悲傷也沒有痛苦的芊芊，讓他稍微有點不習慣，但是，也更喜歡她了。

果然我很愛芊芊。少年堅毅的對自己點點頭。

杜芊芊和薛濤不同班，所以在樓梯口就分行了。

薛濤停下腳步，眼神溫柔的目送杜芊芊。準人瑞大人笑得該有多尷尬就有多尷尬。

首次用心電感應對著左心房的原主魂魄咆哮，可惜一點反應也沒有。

她恨這種涵養原主魂魄的制度。

幸好很快就上課了。她完全的專注——當朱訪秋太久的後遺症——專注到一個境界是非常玄妙的，心中除了知識的咀嚼消化和記憶，其他的完全無感。

雖說能力所限，有些老師未免辭不達意。但大部分的老師還是挺有料的，經驗也豐富，尤其是完全陌生的文科，特別新鮮，準人瑞大人聽得津津有味。

太投入了，所以後座的同學對她惡作劇，她也遲鈍的沒感覺出來。

其實吧，那位男同學陳山海也並不是討厭她。相反的，他還有點喜歡杜芊芊，但是杜芊芊早有男朋友了。

他說不出是生氣還是怨恨還是不甘。總之他就是想要杜芊芊注意到他。

好不容易坐到她後面，偏偏她開學就生病請假好久。醞釀了好幾節課才鼓足勇氣想惹她一下，讓她生氣得轉頭瞪人也好。

上課惹她，她才跑不掉。

陳山海用圓規尖輕輕刺她……杜芊芊卻一點反應也沒有。

終於他發怒了，用力的扎了她一下。

這次，杜芊芊終於有了反應……雖然好幾秒才反應過來，回頭看了他一眼，立刻舉手。

「老師，我後背被扎了個洞，好像流血了。」準人瑞語氣平靜的說。

老師以為她開玩笑，但是周圍的同學尖叫了起來。

雪白的白上衣後背，血跡慢慢擴散開來。

杜芊芊被送去保健室，陳山海被叫去訓導處。

其實傷不算重，就是被扎了一眼兒有點疼。準人瑞默默的想。男生真是太頑劣了，難怪她是萬年仇男症。

原本聽說陳山海被叫去訓導處，她打算算了。可沒想到，導師居然來保健室勸她，既然是小傷，還是原諒陳同學吧，陳同學說他不是故意的。

準人瑞一臉的詫異，但她終究不是真的小孩子，與其被壓迫得接受道歉，不如痛快應下。

這世界可真神奇。對霸凌者無比寬容，總是要被害者原諒霸凌者，因為「他們都是孩子」、「只是比較調皮」、「好孩子要有寬恕的精神」。

但是被害者反抗呢？馬上就會被追究，被認為「沒想到她（他）是這樣的人」、「為什麼不告訴老師」、「還以為他是好孩子呢，沒想到……」

嘖。誰不是孩子啊。這些大人邏輯死掉了嗎？

準人瑞從來不認為「君子報仇三年不晚」。因為她有仇當天就報了，除非是條件有所限制，那也是越早越好。

再者，這次被扎傷了，她突然觸發了一些被掩蓋的記憶。

是的，杜芊芊也曾被陳山海欺負。最後她跟薛濤哭訴，那個溫柔的男孩子衝動的為她報仇，固然將陳山海打進醫院，他也差點因此把手給廢了，還背了兩支大過。最後因為住院和右手不靈活，和一中擦身而過。

準人瑞大人雖然不是戀童癖，但是疼愛乖巧的小孩子，更不希望一個好少年因此差點致殘。

這是小事嘛。準人瑞淡然的想。自己來很快。

第二天學校就出大事了。

陳山海被打暈在男廁所，後背被扎了五個洞。雖然也沒流多少血，但終究是暈了一夜。

嫌犯似乎呼之欲出。

同學連帶老師的目光都集中在杜芊芊身上，她的眼神卻特別無辜。

雖然她也被警察伯伯叫去作筆錄，也紅著眼眶回來。但是最後卻發現她有不在場證明。

杜芊芊被刺傷敷藥後受了驚嚇有點發燒，在保健室休息了一堂課，那是當天最後一堂課。之後是薛濤帶著書包直接將她接回家，一路上的監視器都證明了她的行蹤。

陳山海則是被叫去訓導處，最後走向男廁所……然後就待了一夜。

其實，若不是陳山海往保健室探頭探腦，裝睡的準人瑞大人也不會發覺他往廁所方向走去。

她知道學校裝有監視器，但是預算有限的學校，應該不會無聊的將監視器裝在外牆。

果然呢。

保健室距離男女廁所只有三個教室遠，外牆還有不錯的落腳處。更好的是，氣窗還開著，上課時間除了陳山海一個人，也沒別人了。

原本只是偵查看有沒有機會的準人瑞，果斷當場把仇給報了。

可惜沒有圓規，只好將兩根黑髮夾併攏……傷口還是太小。

有的時候，準人瑞也覺得自己沒有成為罪犯，實在是犯罪界莫大的損失。

但有些人就是不懂何謂「不在場證明」。

陳山海家的恐龍家長來學校大鬧，再多證據都是假的，他們認定就是杜芊芊的錯。

就算不是她作的，也是她的姘頭作的，差點打了杜芊芊。

被堵在教室出不去的準人瑞只好打電話給百萬年薪秘書，沒想到剛回國的爸爸知道了，立刻衝到學校，化身霸王龍，差點掀了訓導處。

稍晚杜芊芊她爸的律師團出現護駕，黑西裝筆挺，殺氣騰騰，領頭的還是個特別酷的光頭律師。給校長和恐龍家長遞名片時，很明顯的每個人都顫抖後萎了。

第二天陳山海家的恐龍家長異常卑微的到學校向杜芊芊公開道歉。

第三天陳山海火速轉學。

飽受衝擊的準人瑞沉默了會兒，用心電感應對著左心房的原身再次咆哮，「妳說妳爸不愛妳？？！！」

原身裝死。準人瑞冷笑一聲。馬的，不能更生氣了。

其實薛濤超生氣。照樣來接她上學放學，卻好幾天賭氣不跟她講話。

但冷戰這招對準人瑞真的不好使……她根本沒發現。上學放學途中她還抽空背英文單字。

氣餒的少年哀怨，「……妳被欺負了，為什麼不告訴我？」

準人瑞終於脫離專注狀態，靜默了一會兒，「我最該告訴的是老師。當老師不能公正的時候，我就該告訴家長。」

薛濤一臉受傷。

「……因為我們還沒成年。」準人瑞放柔聲音，「所以要尋求大人的庇護。如果大人不能庇護我們……那麼就要記住，將來要成為公正的大人。」

她是真心不捨得可愛的少年為了連螻蟻都不如的霸凌者受到什麼傷害。

但是期中考後不久，薛濤因為「打架」被送入醫院。幸好只是骨裂不是骨折，是左手不是右手。

她雖然一勞永逸的解決發生在杜芊芊身上的霸凌問題，卻抑制不了薛濤寫在骨子裡的見義勇為。

他還是為了阻止霸凌者施虐受傷住院了。

本來她不想用這招的。

其實啊，前兩個任務看起來都很簡單，事實上她心血幾乎耗盡，一直有失眠問題。練武十年你以為跟電影快轉打個「十年後」就成了嗎？你知道那是一天天的熬，你知道身上有過多少傷痕嗎？

你以為，那個「首刷五百套」的計畫是腦門一拍就生出來的嗎，天衣無縫的配套措施，眼珠子轉兩圈就有？那是多少日夜的殫精竭慮。

讀書半世紀。行了，準人瑞連回想都不想回想，太痛苦了，她只想趕緊忘掉。

所以她真的想要好好的「度假」。按部就班的清閒度日。

什麼多餘的事都不想管。

可薛濤住院了。這完全勾起準人瑞平息已久的心火。

這次她沒有親自動手，而是懇求「世界上最好的爸爸」。這迷湯一灌下去，她爸根本找不到北，大手一揮，霸氣律師團再次出動。

然後她領悟到，霸凌者能肆無忌憚，通常家裡有「滿有關係」的恐龍家長。

可惜，杜芊芊她爸是「非常非常非常有關係」的霸王龍。

所以行凶的霸凌者被自家的恐龍家長狠抽一頓，帶去給薛濤磕頭賠罪了。

但這樣不夠，還不夠。這樣還不足以泯滅準人瑞的心火。

她心情不好就想拉所有霸凌者一起陪葬。

準人瑞開始買了許多電腦類的書籍當作「課外讀物」。在誰也不知道的情況下，開了部落格和FB。

然後，在據說被欺負得很厲害的霸凌受害者手機裡，設法種下木馬病毒。一旦成功就開始監控這些人的行蹤，捕捉當中的規律。

並且，用部落格的文章開始朝受害者洗腦。

部落格就叫做「受害者的逆襲」。

第一篇文章其實是引用。只是這個世界沒人認識馬丁·尼莫拉※，也不知道這篇叫做《起初他們》。

「當納粹追殺共產主義者，

我保持沉默——因為我不是共產主義者。

當他們追殺社會民主主義者，

我保持沉默——因為我不是社會民主主義者。

當他們追殺工會成員，

我沒站出來說話——因為我不是工會成員。

當他們追殺猶太人，

我保持沉默——因為我不是猶太人。

當他們要追殺我，

再也沒有人為我說話了。」

「不要以為保持沉默，就能避免校園霸凌。」準人瑞寫著，「保持沉默只會淪落成沉默的羔羊。」

她不只是蠱惑、恫嚇。其實還相當發揮（罪犯般的）聰明才智。

……其實她覺得真是一群愚蠢的人類。明明是手機非常普及的時代，被欺凌幾乎都有固有時間和固有地點。

把手機放在適當的地方定時錄影，很難嗎？許多人的手機都還有聲控裝置。

如果這太難，那麼錄音非常簡單吧？

※馬丁·尼莫拉（1892-1984）為信義宗牧師，也是德國著名的神學家。他以反納粹的懺悔文《起初他們》而聞名。

如果這不難，甚至你也可以試圖網購更精細的針孔攝影機。

這些是任何一個普通人都辦得到的。首先要手握證據……既然身上的傷痕都不足以當證據。

若是應該讓你倚靠的老師試圖和稀泥……不還有足以殺人的網路，以及異常嗜血的媒體嗎？

別害怕。讓我示範給你們看。

於是準人瑞利用受害者手機，錄下許多滿值得一聽的霸凌者實錄。配上她煽動性極強的文字，立馬將霸凌者釘死在牆上。

嗜血的媒體還會給名字打個馬賽克，網路可是赤裸裸的出名。

她們學校立刻爆炸性的熱鬧起來。

升學率名列前茅的國中，卻發生了密度太高，證據確鑿的霸凌事件。

全國譁然，某國中出大名了。

校長和老師試圖壓制下來。管理階層似乎都喜歡壓迫守法的順民，校園也不例外。

但是最慘的就是，他們的言行被剪輯成精華，在「受害者的逆襲」連載中。

警方介入，無果。最後是駭客基於各種緣故入侵部落格，剛開始的確被洗白了幾次，沒多久就開始銅牆鐵壁化，並且激起無情的反擊，無堅不摧。

沒有一個駭客逃過，沒有任何一個。

追查不到「受害者的逆襲」該部落格到底在哪裡，好像地球就沒這個主機。對於這個技術破天、組織力破天、什麼都破天，自稱「世外人」的站主大人，腦殘粉的數量節節高漲，和一群標榜人權的正義人士戰得熱火朝天。

除了發文章，站主大人一直很沉默。

只有一回，一個霸凌者血淚交織的寫了他可歌可泣的心路歷程，從童年受虐到受害者「可憐之人必有可恨之處」，站主不深入了解他，卻截斷了他悔改的道路，他的人生都完了。

站主只回了他一句話，「關我屁事。」

……大人這回答，酷炫到沒朋友。

結果底下戰得血流成河，已經開始邀真人ＰＫ的時候，站主才又回了幾句。

「把你精彩的心路歷程給我吞下去。你經歷如何都沒有權利損害他人自由與健康。

你敢做我敢為，少在那兒邏輯缺失的博同情，噁心。」

「再說一次，你如何關我屁事？」

腦殘粉精神為之一振，有些被說暈的人立刻堅定起來。就是，為什麼因為你處境堪憐所以長歪，我就活該挨你揍、被你欺負？

就像站長大人愛說的，「這邏輯一定是抽象畫老師教的。」

其實一開始準人瑞大人沒當回事。她在興風作浪的時候，還保持著非常規律的國三生活。

讀書還是重中之重。杜芊芊有再多不好，她還是一直保持學霸的地位，總不能差太多。

學業對她來說的確簡單，但她除了正常學業，還開始自修高中課程。她在考慮跳級的事情。

所以每天也是用功到十點，然後開始幹點輕鬆的娛樂……譬如熟悉一下這世界的程式語言和病毒應用，維護一下部落格與FB。

一天只要兩個小時就夠了，十二點就能睡覺。

她從朱訪秋那兒繼承來的最佳禮物，就是對程式的興趣和熱愛。雖然表現方式有些不同，但原理上是一貫而相似的。這讓她飛快的掌握，並且躍升為一流的駭客。

畢竟和曾經發展出全息網遊的世界相比，這世界起碼要低好幾個檔次。

所以掌控學校監視器，和駭客們交鋒，於她而言完全只是娛樂項目。

這些她爸爸和薛濤都完全不知情。杜芊芊依舊是爸爸的小甜心，男朋友清純的小女孩。

咳，每次準人瑞聽到她爸喊她「小甜心」的時候，都會控制不住嘴角的抽搐。

但她都忍了。

自從她每晚十二點睡覺，和她爸碰面的時候就比較多。有回剛打完招呼，她爸的肚子發出一串響亮的飢餓聲。

……十一點多了，沒吃晚餐？

其實在準人瑞眼中，才四十五歲的「爸爸」，還是個孩子。

一時心軟，她蒐羅了冰箱的食材，煮了一碗湯麵。高湯是周媽媽早就熬好的，只是加了火腿、玉米罐頭，還有一個荷包蛋。就是煮熟而已。

但是她爸感動得要命，吃得像是滿漢全席。

一直在裝死的原身魂魄突然襲來一種強烈的情緒……強烈的，憤怒。

準人瑞挑了挑眉毛。從那天起她天天變著花樣給她爸煮宵夜。

至於原身忍無可忍的用心電感應咆哮，「賤女人！離我爸遠一點！」……準人瑞直接暴力並且無情的鎮壓，強迫原身魂魄昏睡。

腦漿還沒完全收回腦殼的靈魂少廢話。

準人瑞對她爸好不是為了要氣杜芊芊。不可否認，有很小的部分想刺激她一下以證實假設，但也只是順便。

實在是在天下烏鴉一般黑的男人當中，看到一只純潔如白鴿的好爸爸，即使仇男癌晚期的她都會深受感動。

他深深愛著自己女兒，卻是那樣克制而小心。杜家的情形非常複雜，擁有的家族企業更是暗潮洶湧。原本她爸拋棄一切跟她媽私奔結婚，只是沒想到孩子生下來，她媽跟真愛重逢了。

這個傻瓜痛苦萬分的同意離婚，發現自己什麼都沒有，只剩下女兒。

也是為了女兒的將來，他才回杜家，上演了一場「王子復仇記」，將家族企業奪回並控制在自己手下。

他勢必要不斷拚搏，不然會被虎視眈眈的所謂兄弟打入深淵。

但他還是擠出所有空閒的時間，呵護關心自己的寶貝女兒。

準人瑞為之嘆息。有些憂鬱的想，明明很簡單的任務，不知道為什麼總是被她弄得非常不簡單。

之後她找個機會做飯給薛濤吃，少年樂瘋了，完全吃撐。

已經撤去鎮壓的原主依舊裝死。

準人瑞的頭好疼。

杜芊芊對薛濤到底是個什麼想法，她到底該不該跟他分手。

但是那頓飯後，薛濤跟她上學放學時，越來越常走神，越來越常轉過頭偷看她……

結果就是，時不時的撞上電線桿、行道樹，或是老師。

準人瑞的頭真的好疼。

她無意搶奪杜芊芊的人生，更不想搶她的男朋友——哪怕將來他們會分手。是，她的確非常不喜歡杜芊芊，對杜芊芊也有種隱約的羨慕嫉妒恨。但這不代表她會違背原則的成為一個竊占的小偷。

算了，這讓杜芊芊自己去煩惱好了。準人瑞對自己點點頭。不過是五、六年的時間罷了，不必著急。

給自己做完心理輔導的準人瑞，淡定的度過據說很要命的國三，並且考上一女中。薛濤開心得要命，因為他考上一中，和一女中就隔條大馬路，馬上跟杜芊芊約定每天一起搭公車。

準人瑞淡定的同意了。

最後她高中沒有跳級。因為衡量杜芊芊的個性……她覺得這孩子恐怕應付不了跳級的壓力。

這讓準人瑞應付功課後有點無所事事了……所以就比較關心部落格。

大概是國三的課業壓力，和初來乍到手忙腳亂的暴躁。準人瑞真心反省過，她傲慢了。

她用一種睥睨的姿態鄙視著「愚蠢的凡人」，但是她都活了近百歲，這些孩子才十幾歲，想不到那麼全面是應該的。

準人瑞開始耐著性子回答那些幼稚的問題。例如：

問：站主大人！落單就挨打怎麼破？急！在線等！

……三天前的問題。在班級被排擠……就和別班被排擠者結盟啊。當朱訪秋時嚐到「讀書會」的甜頭，準人瑞非常熱心的推銷「讀書會」，團結就是力量。

仔細觀察吧，霸凌者最喜歡欺負一個弱者，卻不會撲上去欺負一群。

結果讀書會真的辦起來了，受害者開始結伴，儘可能減少落單機會。

既然有讀書會就免不了要推薦規章，曾經麾下有幾萬精英腦殘粉的準人瑞，免不了教導怎麼融入團體，怎麼讓自己勇於開口……

舉凡談吐、穿著、閱讀範圍，全都在她洗腦範圍中。

準人瑞開始強推「清貧生活態度」。

崇尚簡單、乾淨、質樸，視名牌如浮雲。一切非自己賺的錢買的名牌都是邪惡的，包括爸媽買的。

所以沒什麼好炫耀，也不值得羨慕別人的炫耀。

為什麼要洗腦這個呢？很簡單，這是要樹立個讀書會的精神，給這些半大孩子一種集體優越感。

青少年最容易和父母衝突，除了功課就是花錢。功課吧，太多人關注了。但是花錢卻值得洗洗腦。減少衝突，多一點自持，很重要。

霸凌受害者普遍缺乏自信。她不可能一一去輔導功課，讓他們取得成績的自信……太不切合實際。

但是可以給他們一個簡單執行的優越感、群體榮譽感。讀書會嘛，結伴讀書難道有錯嗎？

至於和原本班級恢復人際關係……算了吧。先杜絕傷害，建立新人際關係，找到同盟，先站起來比較實際。

不管是誤打誤撞也好，還是真的命中要害也好，總之，這個起源於「受害者的逆襲」衍生的「讀書會」真辦起來了。從一開始的結伴避免霸凌，到推行清貧生活，最後真成了一個互助小團體……最後各校的讀書會還結盟了。

準人瑞開了個討論板區給他們自由發揮。

後來各讀書會還是會跟板主大人求援，只要有時間準人瑞就會回答。

從安放針孔攝影機的技巧，到「人人拿出手機制裁校園霸凌」的執行步驟與宣傳，到最後問題五花八門，卻幾乎沒有板主大人答不上來的。

板主大人腦殘粉崇拜得不要不要的。

但是為了大人的性別也戰得不要不要的。

有人強力主張板主大人是男生，都能駭進國防部的頂尖駭客怎麼可能不是男生。但也有人強力主張是女生，因為板主大人曾經對衛生棉品牌如數家珍，並且做出很好很強大的比較表。

板主大人笑而不答。

但是讓腦殘粉崇拜得發狂的是，咱們大人允文允武。文能駭進各大國高中院校的監視器暴力蒐證，武能蓋布袋執行天懲。不管是男是女，腦殘粉都想嫁給大人。

準人瑞對這次的任務非常喜歡。

安逸穩定的生活，愛女如命的爸爸，始終如一非常可愛的少年。一直都是遊刃有餘的學霸，擁有破百萬人次的部落格，被許多不認識的人崇慕。

雖然是借來的人生，還是很值得珍惜。

唯一比較傷腦筋的是，高中三年飛一樣過去，她和薛濤雙雙考上某大醫學系，眼見都大二了，原身魂魄修復在即，少年居然還不分手。

現在的薛濤其實已經不算少年了，也不像國中時那麼漂亮，現在的他開始往陽剛發展。

在杜芊芊的記憶裡，這時候的薛濤偶爾會瞥向高挑豔麗的漂亮女生……早有渣男預兆了。

……呃，準人瑞承認，其實她也會偷看膚白腿長的漂亮女生。不覺得很賞心悅目嗎？她偷偷分析過，或許薛濤就是喜歡這款？人長大連喜歡吃的東西都會變，何況審美觀。

她非常平和的等待，但是薛濤卻一點動靜也沒有。依舊用溫柔的眼神看著她，純情的連吻都沒接過。

好像有什麼地方不對。

很快的，她就知道哪兒不對了。

杜芊芊她爸羞澀的徵求女兒的同意，他想再婚了。

掩蓋得最深的記憶終於被點燃、爆炸。

薛濤跟杜芊芊分手那個下午，她回家看到難得早歸的爸爸。爸爸緊張又小心翼翼的跟她說，「爸爸遇到喜歡的人。她是個很好的女人，會一起照顧芊芊的。芊芊說，好不好？」

回憶驟然斷裂。

準人瑞瞠目發現，她居然被原身魂魄「奪舍」，原身控制身體發狂的往外跑，第一時間進了電梯，搭到頂樓。

在即將跳樓的那個磨門特，凖人瑞終於搶到身體控制權。揮了把冷汗，謹慎的離開圍牆幾公尺。好險，差點功虧一簣。

然後凖人瑞怒火大熾。她冷漠的對原身說，「我以為就算是豬也不會連續跳兩次樓。」她真心想將杜芊芊拖出來掐死，「錯了，我侮辱到豬。」

即使已經緊急鎮壓，原身魂魄還是在左心房翻滾哭嚎，一點人話也聽不進去。她說過嗎？她最討厭無理取鬧的小孩。

凖人瑞將心神沉入右心室，她的魂魄驟然睜開眼睛，逼視左心房的杜芊芊。半張美豔、半張疤痕的臉孔，疤痕上的眼睛好像義眼般，泛著冰冷的琉璃色。她抓住杜芊芊魂魄的後頸，逼著面對面。

「承認妳就是喜歡爸爸，很難嗎？」凖人瑞不同顏色卻相同霜寒的眼珠子和杜芊芊對視，「父母是孩子第一個神明，也是孩子第一個體驗到愛的對象。這有什麼奇怪的？不要只用表面的心理敷衍別人、敷衍自己。」

她彎了彎嘴角，沁出一個無比惡意的微笑，「直視自己，挖掘自己的內心吧。」

杜芊芊發出驚人的慘叫。

卻毫無辦法的直視自己深層的心理。

人的心理其實層次相當豐富，表面的心理層面往往是一種對自己和別人能夠解釋的合理，但往深處挖掘那就不一定了。

像是杜芊芊的表層，她想當爸爸和濤濤永遠的公主。想一直被捧在手心，被呵護、被疼愛。嚴重的患得患失讓她對爸爸非常苛求，苛求不遂異常失望，所以她攢著濤濤不肯放手。

但是深層呢？

她非常非常愛爸爸，愛到無法忍受任何人搶走他，哪怕是分一小角她都不願意。

「還有更深層。」準人瑞無情的說。

「不！」杜芊芊瘋狂大吼，「不不不！不要！」

她碎裂了。杜芊芊的魂魄碎成一片一片，像是滿地晶瑩的，月的淚光。

「蠢。」準人瑞嗤笑，「有什麼好羞愧的？男孩子幾乎都經歷過戀母階段，女孩子也差不多啊。孩子本來就是要在父母身上學到各種情感，這就是父母存在的意義。居然會把這種情感跟罪惡感掛鉤，也真是夠可以的了。」

她俯身撿起碎片中最小的碎片。紅得近似黑，美麗得像是寶石的靈魂碎片。

對於深愛父親感到深刻的罪惡感，不斷的、不斷的將之掩藏在心裡最深處。然而不斷的、不斷的感到痛苦。

「愚蠢的公主。」準人瑞搖搖頭，將碎片帶回右心室，魂魄閉上眼睛，重新掌握身體。

……幸好她眼睛睜得快，晚個五秒鐘就要被電擊了。

準人瑞在急診室驚出一身冷汗，然後被她爸的熊抱差點勒昏過去。

她感謝這些年沒把無雙譜放下，肋骨異常健壯。

準人瑞大人在這世界多待了兩年，將碎了一地的杜芊芊涵養回來。

原意她就不是想毀滅杜芊芊。只是，若原身怎麼都不願意面對自我，那就得自我放逐，遠去國外慢慢的，一點一滴的磨掉這點靈魂碎片。

過程自然非常痛苦。在原版本她是成功了，但那真是運氣破天。

準人瑞不想賭。

因為杜芊芊在國外十年，她爸焦慮擔心老得不只三十年。而杜芊芊跳樓死了，傷心欲絕的她爸根本連第二年都活不到。

這太不公平了。

乾脆的，置之死地而後生吧。打碎重組，拿掉她的痛苦之源。

沒問題的。因為……不知道為什麼，她寫過直指內心這段，非常有把握。

薛濤還是沒跟她分手。

直到大四那年，他說出了讓準人瑞差點心臟病的話，「其實，妳不是芊芊。」肯定句。

準人瑞承認自己演技非常不好，因為她嚇掉了懷裡能當凶器的書。

注視著一直這麼溫柔、乾淨的眼睛，準人瑞實在沒辦法騙他。「……什麼時候發現的？」

「高中。」薛濤有些傷心，「其實國三就已經……對吧。」

她太好了。太冷靜，溫和，理智。跟她在一起充滿寧靜。

準人瑞靜默，「其實，我還是杜芊芊。只是，杜芊芊是一號人格，我是二號人格。」

嗯，換個角度說，其實也不算說謊。是鄰居嘛，一個左心房，一個右心室。

薛濤張大眼睛，「……雙重人格?!」

「是啊。」準人瑞痛快應了，「我和她是彼此認知的那款。不過我是因為某種緣故來的，或者某種緣故我又會消失。所以沒有說明，對不起。」

「不會的。」薛濤斬釘截鐵，「人格不會無故消失。」

準人瑞沒有跟他爭辯。薛濤後來不斷的問她叫什麼，被糾纏不過，她說她叫做「瑞」。

呵呵，也不算錯嘛。差點成為人瑞，很祥瑞的。

只是，還是覺得很對不起他。

算了，這些讓杜芊芊自己處理吧，準人瑞很不負責任的想。

原身魂魄終於拼好癒合了。

準人瑞多留了一會兒，看著她能掌握身體，然後跑去公司，自然而然的撲進她爸的懷裡痛哭。

公主醒了。是說，公主也有很多種啊，又不是只有公主病。

相信她會成為優雅知性的那種。

準人瑞放心的離開。

休息時間

準人瑞回到自己的「房間」好一會兒，一直在床頭櫃偽裝玩偶的黑貓才匆匆回返。

他的心情很不好。

有個小千世界永遠消失了。狀況太緊急，他破格派了三個執行者去修補，沒想到等級最高的那一個，居然愛上關鍵人物的敵對方，昏了頭把關鍵人物滅了。

做了這麼多努力，差點另外兩個執行者都一起陪葬，犧牲了兩隻黑貓才撈回來，重傷休眠中。

他該高興沒有直接殞落嗎？

他想將那個叛變的執行者碎屍萬段。叛變的傢伙更乾脆，直接把原主魂魄弄死了，讓監控者失去監控。

呵呵，反正沒有差了。那蠢貨。以為自己金手指夠多就能夠拯救世界，這下好了吧，全完了。

你死不足惜，整個小千世界都陪你一起完蛋，鄰近幾個小千世界都受到重大影響啊混蛋！

返回瞥了一眼，大致上運行正常。看到準人瑞，他緊急集中精神。

然後，心情更不好了。

為什麼我麾下都是混蛋，不是叛變就是把任務做歪了？

試算此刻本座心理陰影面積!!

其實準人瑞將任務完成得不錯，得到一個良好。會扣分是因為她多花了兩年時間。但是，她加分題完成得太強悍，導致結算還是優異。

……馬的老子是讓她去休假啊為什麼休假送分任務也能搞出這道分數逆天的加分題！

那可笑的「受害者的逆襲」部落格，準人瑞離開前就交給腦殘粉副站主，很不負責任的走人，最後卻達到了讓人瞠目結舌的豐美結果。

良性運行的「讀書會」繼續結盟壯大，透過各種管道宣傳的結果，全力抵抗「校園霸凌」。許多人再不能「年少輕狂」，也無法「年幼無知」了。

他們在年紀還小受「未成年」這身分保護時，卻遭受了同儕重大打擊。

霸凌者舉起拳頭時，周圍的人或許害怕，卻會沉默的舉起手機攝影，並且打給該校的讀書會會長。

被制止，被公開，被所有讀書會會員孤立排斥。

直到他的行為改善，該校讀書會投票決定將他從黑名單上消除。

雖然有些讀書會難免會有激進或者行為失當，但大部分的讀書會都堅持了非暴力原則。青少年或許叛逆得不願意聽從父母師長的訓誡，卻會屈服於同儕壓力。

校園霸凌大幅減少，雖然有點奇怪不正道，卻讓叛逆青少年壓制了血氣方剛，以致於他們成長後分外適應服從法律。

最後「讀書會」互助制度甚至輻射到世界各地。不管執行程度高低，最少促進了法治文明二十年。

那個一直未曾露面的「站主大人」，和讀書會的興起一起名留青史。

瞪著亮起來的命運線發愣。那顏色真比翡翠還通透明亮。

明明是個度假送分任務，最後還是搞成世界任務，這是何等奇葩的才能。

黑貓忍無可忍的將準人瑞叫醒，「起來！咱們好好的談談人生！」

起床氣異常濃重的準人瑞危險的瞇起眼。

「妳！妳妳妳……」黑貓無力的垂下爪子，「妳知道妳是新手嗎？這三個任務都是新手任務……別瞪我！第二個任務雖然困難，但是沒有生命危險！」

稍微清醒點的準人瑞仔細想了想，點點頭。

「但妳居然把什麼任務都做歪。」黑貓痛心疾首，「妳為什麼不能照著任務線好好完成？別人要做到合格都要使老鼻子勁兒了！」

「……幹得好還有事兒了啊？」她的聲音還帶著濃濃的睏意。

黑貓冷笑兩聲，「幹得好表示優秀啊，能者多勞嘛，接下來的任務恐怕都在生死邊緣打滾了……沒性命危險也絕對難得破碎虛空。」

所以他才很不希望她將任務做歪，但他實在不知道會做得如此之歪啊……

準人瑞立刻清醒了，只是清醒好像也沒什麼鳥用。

相對無言，卻沒有淚千行。別傻了，準人瑞大人才不會哭。

「妳為什麼不跟女主角爭得你死我活？為什麼？」黑貓很不甘心，「別人都是這麼幹的！」

嗚嗚，他不得不承認這個老把任務做歪的執行者非常優秀。就是優秀才不想她馬上殞落啊！他剛剛才損失三個高級執行者……三個啊！撫養到這程度他容易嗎?!

「太蠢了。」準人瑞很淡定，「而且我一直沒發現女主角。」就是這點奇怪，上了大學，薛濤跟她寸步不離。但那個應該出現的女主角不知道在哪，可能不是醫學院的。

……妳跟男四只把眼珠子盯在書上。世上不缺乏美，只缺乏發現美的眼睛好嗎？

黑貓真不想跟她說話。

命書卷肆

復活

黑貓沒有危言聳聽。

這次配對送來的檔案共有十個，四個末世、五個星戰，檔案標註的危險度都是鮮紅鮮紅的。

唯一一個類似現代的任務，顏色也只是稍微淺一點。

已經脫離新手任務了，所以連很簡的簡介都沒有，只能看標籤和任務危險度的顏色。

「不要固執了。」黑貓僵了一會兒苦勸，「瞧一瞧人物表，分配一下屬性，這不會死。堅持妳那可笑的原則，就真的會死。」

準人瑞想了一下，「我還是不想弄得跟網路遊戲一樣。不是有所謂的電腦自動配點嗎？你就隨便加吧。」

「……最少妳消耗一下積分啊混蛋！」

她還是擺手，「我不需要。喜歡你拿去好了。」

準人瑞的確不是那麼排斥任務了。不得不說，別人的人生還是滿有趣的……比自己寫小說構造輕鬆又寫意。

最有趣的地方是她之前以為會最討厭的部分：沒完沒了的讀書。

或許是靈魂不錯強大，三個任務目標剛好大腦非常好使，還有健康的體魄。這讓讀書練武都顯得輕易，而且有意思。

學習各種面向不同的學問，滿足前世自己沒有料的取材，非常愉悅。

所以能走到哪算哪兒吧。她一直希望活得愉快、死得燦爛。

黑貓發脾氣了，但他們倆都知道，發脾氣也沒用。

靈光一現，他到底有點把握到準人瑞的性子。「妳不在乎自己，最少要在乎原身，他非常無辜。」

他們倆的目光一起集中在那個顏色最淺的檔案。果然，準人瑞有些猶豫。

「……我想兌換『健康』。」準人瑞說。

黑貓忍了忍，還是沒忍住大吼，「沒這個屬性！」他連珠炮般報了一堆，換來的只是準人瑞的不解。

智力滿分兩百，我已經兩百了好吧？美貌和魅力我要來何用？吸引更多蒼蠅？武力和體質居然無法用積分兌換。

「那就不必了。」她也不強求，這時才發現她右手一直握著什麼東西，張開一看，居然是杜芊芊那片罪惡感靈魂碎片。

她遞給黑貓，黑貓像是吃了一斤蒼蠅，聲音都變了，「……妳是怎麼把這東西從別的世界帶來?!」

他瘋狂掃描一遍，確定準人瑞身上沒有任何空間、儲物袋、須彌芥子之類……

問得準人瑞無言以對，「就握在手裡帶回來。」

黑貓瞪了她好一會兒，「等著。」然後原地消失。

沒多久他又出現，眼神複雜的看了她一會兒，「健康是吧？特准了。」

其實她會要求「健康」，只不過上輩子受了將近一百年不健康之苦。

進入任務，她才知道她這個一時興起的要求有多英明。

意識剛剛清醒，她最先感受到的居然是下半身的麻木與冰冷。隨著清醒的程度，深入骨髓、顫抖靈魂的疼痛也漸漸復甦。

被巨大的痛苦輾壓，剛清醒的她險些又昏過去。

兩耳嗡嗡巨響，所有的感官都被龐大又尖銳的疼痛遮蔽。

黑貓似乎在很遠的地方叫她。明明是心電感應……居然這樣模糊不清。

生命力漸漸在流失，距離死亡如此之近。

她盡力掌控她還能掌控的呼吸，有節奏的深呼吸能夠緩解疼痛……對疼痛太熟悉了。深切的理解疼痛，解構疼痛，找到意識最清明的那個「自我」。

用清晰的自我抗拒被疼痛操控。

終究她豐富的經驗和兌換來的新屬性「健康」戰勝了。現在的情形就好像血條全空，因為屬性突然提高，雖然不能血魔兩滿，最少也多了點血皮。

這時才感覺到一隻眼睛睜不太開，但遠不如下半身的錐心刺骨。

……不知道是什麼運氣，居然又呈現「上線被剛模式」。

她緩緩的感覺，卻發現情形比起初為朱訪秋時嚴重千萬倍。

現在不只是菊花殘，甚至被塞了許多異物，甚至要了原身的命——蜿蜒過大腿的血慢慢的滴入床單中，漸漸擴大。

她不敢拿出來。一拿出來可能會引起創傷擴大，甚至原本被異物堵塞著出血處會因此大出血。

飢餓、脫水、重傷。她壓抑著沒有去讀原身的記憶，卻大致明白目前是什麼處境。

身邊居然有個男人在睡覺。在身旁有個人快要死了，血腥濃重的床上，滿足的睡著。

用所有的意志力撐住自己，爬下床，並且站直。

這個廣大的房間佈滿刑具，她是絕對不會承認這些東西是所謂的情趣。

試著回憶，原身記憶裡，這個可怕的惡魔房間，床頭床尾都有腳鐐和手銬。

她小心翼翼的拽出腳鐐，讓那個惡魔享受一下被鎖住的滋味。然後趁他還沒完全清醒，銬住了他一隻手。

僅僅這樣，準人瑞已經一陣頭昏眼花，幾乎站不住了。

那惡魔在喊叫，在威脅，在咆哮。

真想宰了他，她心底冒出一抹純粹又堅決的殺意。只是，很快又熄滅了。

不要浪費力氣，再沒有什麼比自己的性命重要，為惡魔死太蠢了。

終究她還是浪費力氣，撿起一條鐵鍊揮向惡魔的禍根子。應該是打中了吧……他發出可笑的聲音哀號抽搐。

「羅清河！」黑貓的聲音終於傳入她心底。

準人瑞茫然了一會兒，「喔，我都快忘記我的本名了。」大家都叫筆名的嘛。

那種暴虐的情緒褪去，她恢復冷靜和理智。

穿上一件長T恤。原身是男性，但是瘦得非常厲害。受到太多創傷，褲子都穿不上了。

有些束手無策，到現在她還是不敢讀原主記憶，也不敢打開記憶抽屜看資料。

她有種強烈的預感，讀了以後她一定會被狂怒主宰，失去理智。

現在她最需要的就是清醒和理智。

「放心。那渾球折磨人時會把所有人打發走。」黑貓有些哀傷的說，「撐住，羅。妳能靠的只有自己。」

「嗯。」凖人瑞胡亂應著，摸索了一會兒打開房間門，一路走到樓下都沒碰到半個人。

公寓外，是錯綜複雜的巷弄。月已中天，一片死寂。

黑貓在前面引路，凖人瑞蹣跚的跟著，每一步都要流下一小灘血，一路血跡斑斑。越來越冷，但是凖人瑞的腦袋卻越來越清醒。可能是失血過度，種種反應看起來快引起休克了。

撐過去柳暗花明，她冷靜的想。絕對不要這麼沒有價值的死了。

黑貓擔憂的頻頻回頭。

「別擔心。」凖人瑞決定轉移一下注意力，「不用擔心。回想我還是羅清河的時候啊，第二個孩子要臨盆了，前夫開車載我去醫院，結果我們大吵一架，他把我扔在高速公路上，我皮包和手機都在車上呢。」

她微微笑了笑，原本渙散的眼神尖銳起來。

「我走了很遠，很遠。結果兩個緊急電話都壞了，我走到第三個，捧著看不到腳尖的大肚子喔。直到救護車來，我還把孩子生在救護車上。」

「你看，我多厲害。那時候可以，現在當然，也可以。」滿臉的冷汗，但她還在微笑。微笑得……非常危險。

黑貓沒有說話，依舊引領她往最近的醫院走去。

其實他不該插手。他只是……監控者。但是他掃描過準人瑞的這具身體，目前她承受的痛苦是生產的一點五倍。

鑽出巷弄後，終於到達醫院……的停屍間出口。

那瞬間準人瑞有些想笑。

不過停屍間出口還是有人看守的。她毅然決然的用最大聲音嘶啞的喊，「救命。」

她被救了。

被緊急的送往急診室，情況非常的糟糕。她疲憊得只想闔眼，卻拚命眨著眼睛保持清醒。

初步診療並且輸血時，她在越來越擴大的疼痛和眼前狂暴光盲的暈眩中，堅忍的瀏覽了原身的記憶，和識海抽屜裡的檔案。

果斷的央求醫護人員幫她報警。她被綁架凌虐性侵，綁架犯的姓名，綁架處的地址，她全交代清楚，醫護人員對她再三保證，才放心倒回病床，並且被送入手術室。

在加護病房醒來時，還是痛，非常非常痛。但生命流失那種可怕的空虛感消失了，她猜殷樂陽可以活下去。

運氣很好的是，殷樂陽只失去一個睪丸。可能是被餵食了些藥物，他一直保持勃起，導致套在上面的某種環嵌入血肉中了。只壞死了一個睪丸，運氣算是很好了。據黑貓說，那只環質量太好了，沒有鑰匙費了大力氣才剪斷，不然殷樂陽真的得去當太監。

運氣更好的是，他也沒多什麼東西，比方說人工肛門或更糟糕的人工直腸之類。雖然被大量的異物幾乎糟蹋爛了，幸好還在醫學能拯救回來的範圍內。據黑貓說，拿出來的異物五花八門，扔了一大醫療盤。

只是他遭受了非常慘酷的折磨，堪稱體無完膚，內臟受損。目前脾臟保不保得住還在評估中。

眼睛是小傷。撞上某個鐵箱，萬幸沒有瞎，視力受到一點影響而已。至於留下的那道疤，在遍體鱗傷中簡直可以忽略不計。

其實這是個很普通，甚至有專有類別的監禁系ＢＬ小說。

殷樂陽是個愛好唱歌的大學生，富二代施傲天聽他在校慶時唱了首歌驚為天人，一見鍾情。但是殷樂陽這輩子就連想都沒想過會被男人追求，於是果斷拒絕了。

然後施傲天就把他綁架拘禁強暴了。當中各種虐戀情深，因為殷樂陽奮勇反抗，施傲天更虐得一塌糊塗，一個不小心，把他虐死了。

是的，殷樂陽不是主角受。他就是主角攻心裡永遠的硃砂痣，功能就是造成主角攻和主角受的種種誤解和相互傷害。也因為這個「創傷」，主角攻終於學會克制和忍耐，真正的學會愛，終於和主角受心心相印，幸福快樂過一生。

殷樂陽這個重要炮灰，主要是出現在主角攻的回憶中。瞧瞧那唯美的。

「月光照在他蒼白的臉孔上，像是永恆的睡美人。血跡已經凝固，殷紅的淚痣一抹。鞭痕交錯在白皙的肌膚上，有種楚楚可憐又引人暴虐的美感。

他再也不會睜開那雙美麗的眼睛。

這個事實讓他極度悲慟又極度歡喜。

他再也不能逃離他身邊，再也不能。」

準人瑞只想說呵呵。唯美你妹。

總之，以上是改編過的版本。準人瑞對改編的作家沒什麼好說，創作自由嘛。記得，創作自由。

真實版本呢？

殷樂陽被施傲天糾纏沒多久，他輟學去追求歌唱夢了。雖然沒唱出名堂，但在錄音室有了份穩定的工作。

沒有受刺激的殷樂陽是個內向靦腆又善良的人，常駐RC唱歌也讓他樂呵呵的。雖然因為安於現狀，並且太害羞以致於沒有結婚，卻收養了一個孩子。

那孩子本來有些反社會，結果卻被溫柔的養父和音樂馴化了。

嗯，這次沒有加密。那個孩子就是隱藏版大魔王。改編版裡榮任砯砲炮灰的殷樂陽死了，沒有馴化的大魔王毀滅世界勢不可擋。

不要說人類，地球都沒了。

準人瑞非常冷靜，冷靜得不得了。

在她探望過左心房的殷樂陽，發現殷樂陽的魂魄只剩下一個小光球，還沒有小指頭大的時候，她就更冷靜了。

她對黑貓冷靜的說，「我要燒掉大千世界所有強暴系的BL。」

「……那是不可能的事情。」黑貓哭笑不得。

準人瑞沉著臉點點頭，「也是，我來。我會讓他們體會何謂『創作自由』。」

雖然沒什麼用，但準人瑞還是將之定為遠期目標。

要緊的是眼前。

這個時代非常類似她本來的世界。只是清朝沒有了。史可法突然英明神武起來，舉凡調兵遣將、排兵布陣，莫名成為軍事大家，而且他還是個頂尖武功高手。

還不只這樣，他開發了生化武器，直接拿天花病毒去砸滿清的大後方，差點把人滅種了。甚至掘開大堤，把入關的清軍淹得跑都沒地方跑。

後來他還開發了槍枝火炮。一手火繩槍、一手左輪，殺完人還吟「惶恐灘頭說惶恐」……實在是讓人夠惶恐的了。

不管怎樣，南明延續下來，好歹也傳承了兩百多年。

然後南明滅了，軍閥割據。然後又天降一神人，自稱蘇儀，合縱連橫之下……喵的居然讓他給辦成了！組了一個叫做「中華聯邦共和」的政治體，怎麼看都有歐盟的影子啊喂！

還有誰來解釋一下，為什麼韓國和日本也在聯邦裡頭？

當中一定有什麼不對，因為台灣也是聯邦成員之一。

然後二次世界大戰，為什麼成為軍火輸出國的會是中華聯邦？這不應該是美國擔任的角色嗎？

準人瑞關上視窗，揉了揉額角，決定不去管這天方夜譚似的近代史。

她只要明白，現在是個法治社會。或許會被人情干擾，但是沒人有那天大的膽子衝進醫院將她綁走，那就可以了。

一開始，警察對這個綁架案嚴陣以待，並且衝入施傲天的祕密小基地，同時發現了一手一腳被鏈銬的施傲天。搜出了許多能讓施傲天吃牢飯的證據，包括一些毒品。

殷樂陽的所有證件、存摺，也被找到了。整個房間都能驗出他的血跡，而這房子的所有人是施傲天。

罪證確鑿。

也不知道施家花了多大的力氣，將案子暫時按下。

意料中事。所以準人瑞非常心平氣和的面對施家的律師代表。

毒品和違禁物都有辦法搪塞，唯一不能的就是殷樂陽。因為他有一疊厚厚的驗傷單，並且在他體內驗出施傲天的精液。

施家希望殷樂陽出面表示是「自願」的，只是玩過頭了。

準人瑞笑了，她那溫文的笑卻透露出些微殘忍的危險。

「我差點死了。」準人瑞說。

律師代表傲然的暗示，殷樂陽還欠醫院非常龐大的一筆醫藥費。

懂。因為殷樂陽父母早逝，因為他背後沒有半點勢力。因為他就是個小人物。所以他們肆無忌憚，認為區區醫藥費就能讓他屈服。

「我差點死了，然後你說我是自願？」準人瑞揚高聲音，「你他媽逗我?!」

「別傻了，大律師。乖乖把醫藥費付了吧，並且付到我足以出院為止。噓噓，別說我開玩笑。聽說施家企業股票已上市？」

律師代表逼視她，「任何毀謗施家都會保留法律追訴權。」

「施家的獨子不但是個綁架犯，還是個強暴犯，同時是個吸毒犯。」準人瑞冷漠的說，「我不但是被害人，還是證人。」她表情一柔，「現在，我的醫藥費應該有著落了吧？」

輕輕叮了一聲，律師代表的手機收到一封信件。讓他心情迅速轉壞的信件。

他沉默了一會兒，「基於道義，施家願意援助您的醫藥費。」他強調，「希望您也能回報以善意。」

準人瑞沒有正面回答，「我的存摺裡應該還有三十萬。如果沒有的話，我將會提出上訴。」

明明只有三萬，律師代表不滿的想。但是施大少爺腦筋不知道怎麼想的，居然提空了。

「這點我們會表示適當的善意。」他終究還是點點頭。

最後施家負責了所有醫藥費，殷樂陽的存摺也多了三十萬。

但是彼此都知道，這不是結束。

一開始準人瑞就不打算走法律途徑，這太便宜那個禽獸不如的綁架兼強暴犯了，但是施家也不會放過殷樂陽就是了。

百忙之中探望準人瑞的黑貓很頭疼，「復仇從來不是任務目的。」

準人瑞笑得越來越危險，「順便而已。並且，這樣做能夠讓我愉快很多。」

「…………」

準人瑞的氣息越來越危險，這源自於她身心飽受折磨所致。

即使已經是客觀角度，並且有非常強悍的靈魂與對痛苦的經驗，她依舊會被發生在殷樂陽身上的恐怖經歷和無盡疼痛深刻的影響。

摧毀得只剩下一個小光球的靈魂，偶爾清醒都充滿暴怒恐懼，撼動靈魂的慘叫。

那段被監禁的記憶其實很模糊，殷樂陽已經沒有時間感。施傲天那人面獸心的東西用飢餓來控制他，殷樂陽甚至沒有尋死的機會，因為施傲天不在的時候，他四肢都被銬鏈在床上動彈不得。

準人瑞來的那時候沒有上鎖鏈，是因為鎖鏈不能讓施禽獸玩得爽。飢餓已久又被餵下春藥和迷幻藥的殷樂陽，微弱的抵抗只能算是情趣的掙扎而已。

或許有點傻，不懂得變通。但這個內向靦腆溫柔的孩子，內心住著一隻勇猛的獅子，即使徒勞無功，也是奮力掙扎到最後一刻。

準人瑞並不贊同這樣找死的行為，或許有更理智、更冷靜逃出生天的辦法。但是她欽佩這孩子寧折不彎的氣節。

可以凌虐他的肉體，粉碎他的靈魂，可以死。但就算是死亡也沒有屈服他的意志。

她心疼，很心疼。所以默默承受身心雙重的痛苦，希冀將來給殷樂陽一個健康的身體……黑貓說，就算只有小指頭大的光球，還是能夠涵養出完整的靈魂。

只是進展很慢。

即使失去一個睪丸，依舊沒有達成無雙譜的基本標準。但是她絕對不會為了練無雙譜再次傷害殷樂陽。

身為幼年林玉芝時，也不是起手就練無雙譜的，是吧？那時她也是從林家內功心法開始，打好根基才開始研練無雙譜。

現在她用以調養身體的，就是這個基礎功法。和無雙譜的差距麼……大概是地球到仙女星座吧。

但是這個非常基礎的基礎心法保住了殷樂陽的脾臟，沒有被割除。

即使在醫護人員眼中，殷樂陽的恢復能力強悍得像是奇蹟，還是讓準人瑞在恢復期中吃盡苦頭。

她因此陰鬱，沉默，危險的氣息日漸高漲。

這對心理健康很不好，對傷口恢復也很不利。她如果不想在沉默中爆發或變態，最好能夠把這股怒氣適度的發放出來。

於是她想到那個事實上沒什麼用的遠期目標。

其實不一定要燒掉嘛，她淡定的想。前輩示範一下何謂創作自由好了。

準人瑞想，如果能夠重來一次，她絕對不要當個欲生欲死的作家。當個高超駭客玩轉所有電腦病毒還比較適合她。

嗯，一開始她並沒有那麼反社會。因為她遇到一群熱心富有正義感的醫護人員，不但被他們好好照顧，並且幫她跟學校要回了筆電和手機。

因此她能上網。而準人瑞能上網實在是太危險了。

摸清楚當中的大同小異沒花她太多時間，真正讓她頭疼的是當今還很粗糙的全息技術。後來她退無可退，只好選擇了3D繪圖，非常不滿意，並且耗費了將近一個月。

看著成品，她都無言了。幸好效果還不錯，總算相當程度的撫慰她。

她做了一件慘無人道的事情。

在這時空，大大小小許多小說商業網站，所謂樹大招風，她盯上了最大的那一個，並且將注意力集中在「耽美小說排行榜」。

第三名赫然是監禁兼強暴系虐戀情深ＢＬ。

準人瑞毫不客氣的入侵該網站，在這篇強暴系ＢＬ小說的首頁，種下病毒，產生一個標記作用，得以植入她不大滿意的電腦繪圖。

只做了小小註解。主角受突受刺激，發現他跟主角攻之間根本不是愛，而是「斯德哥爾摩症候群」。

有病，該治。而且治好了。擺脫暴力主角攻從此走向人生巔峰迎娶高富帥（或白富美）的幸福生活。

主角攻慘遭報應。於是就有了「主角攻三千六百種花樣死亡圖」。

但重點永遠不是那些短短的註解，而是逼真到讓人看到就會慘叫的恐怖圖。由擁有深厚醫學知識、理解人體構造的準人瑞操刀，更讓恐怖上升好幾個台階，直接讓靈魂寒顫。

這位第三名榮獲準人瑞第一次實驗性出場。擺在首頁的是一張主角攻極致痛苦，挑戰如何將人血肉清除到極大化，而不至於立刻死亡的恐怖圖……最糟糕的是經得起當代醫學的推究，完全能夠實現。

據聞許多毫無心理準備的讀者，包含作者本人，打開網頁就嚇得涕淚縱橫，當中還有人必須去看心理醫生。那張圖當然火速被清除。

但是宛如詛咒般，被清除不到十分鐘又會回到首頁。

這造成了很大的混亂。

可準人瑞總是會告訴你，永遠有更大的混亂。

因為她的腦洞絕對不是別人能夠想像的。

等黑貓發現時已經勢不可挽。

華文地區的強暴系ＢＬ作家都遭到毀滅性的打擊。只要關鍵字有「強暴」、「監禁」或相類似意義的字眼，通常都會榮獲一張「主角攻花樣死法圖」。

「……妳為什麼要這麼做？」黑貓的聲音顫抖了。

「分散注意力，洩恨，娛樂。」準人瑞偏頭想了想，「哦。唯有創作自由能毀滅創作自由。」她對自己說出這樣似是而非的格言很滿意，點了點頭。

黑貓啞然片刻，「羅，我們來談談人生。」

ＢＬ作家本身是沒有錯的。就算書寫監禁和強暴，也只是幻想階段，並沒有造成實質傷害。準人瑞這種暴力打壓的手段既沒有必要也不公平。

但是準人瑞的看法不同。既然有權力書寫殘暴反社會的性幻想，那她也有權力繪出反「殘暴反社會的性幻想」的幻想。

她不認為那是沒有傷害的純粹幻想。最少傷害到殷樂陽，傷害到許多慘遭類似狀況的人，不管性別為何。

監禁和強暴從來沒有任何美感，而是人性極端醜惡的一面。

就算上了多少華美的糖霜，本質還是充滿了腐敗的屍臭。

但是，沒錯，創作自由。既然有贊成的一方，那就必須看看反對方的創作自由。

黑貓還是感到一種濃重不祥的預感。他試圖再說服準人瑞，可惜太多需要及時關注的世界。

一個小千世界的崩潰總是會引起一連串連鎖反應。

於是準人瑞看到黑貓又「失了魂」，自動隱身然後去窗邊曬太陽。

她從黑貓的隻字片語中大約能夠明白神祕勢力其實是善意的。黑貓本體可能年紀還很輕……很好呼悠。

其實說再多，終究只是因為她不爽。

她又再次修正了關鍵字篩選原則，相信這次會漸臻完美。強暴系BL作家一開始還是負隅頑抗的，察覺那惡魔可能是朝關鍵字下手，他們花樣百出的試圖規避。比方說在字詞中加入符號，或者是故意寫錯字，再或者乾脆用拼音或注音。

筆力更高超的則徹底迴避這些關鍵字，直接書寫過程。

然而在老妖怪準人瑞面前，並沒有什麼鳥用。

一開始還會誤傷無辜，最無辜的就是網路新聞。不過準人瑞很快的發現錯誤，遮蔽應該迴避的媒體或團體。她並不想成為全民公敵，她只是想制止這些創作太自由的傢伙。

好吧，她不懂。監禁強暴題材的主角（弱勢方）若是女性，最少會包裝得比較好看。換做是男性，再怎麼展現人的劣根性都沒事，被寬容的不像樣。

萬年仇男症的準人瑞都覺得不忍了。

所以她一再改版關鍵字篩選原則，將之限定在小眾中的小眾，強暴系BL小說。並且，獲得很大的成功。

在她出院前，已經將魔爪伸向美語和法語的網路世界了。

對現實世界一點用處也沒有，她明白。就是……讓她愉快許多。

再者，她真把黑貓的話聽進去了。

她也承認再做太多世界任務，將來會很不妙。這個「打壓強暴系ＢＬ作家」應該跟世界任務沒關係吧？

準人瑞心安理得的準備出院。

殷樂陽在醫院住了半年。

其實住到第四個月就應該能出院了，黑貓沒說什麼，只是注視著樓下。準人瑞順著他的眼光，發現了施禽獸的狗腿子在醫院附近盯哨。

準人瑞並沒有打算一出院就將施禽獸抓來弄死。一來是天道規則，執行者不可殺人。二來是殷樂陽的健康不許可。

即使極力補救，殷樂陽還是元氣喪失嚴重。這場災難不只讓他身心受創極深，並且傷及根本了……起碼少了十幾二十年的壽命。

他需要一段休養期，所以一開始準人瑞是打算避其鋒芒的。

可惜妳願意，人家不願意啊。照施禽獸不多的腦漿來看，大概奉行簡單粗暴原則，等他出院落單，再次綁架。這次大約插翅也難飛……綁完立刻死也有可能。

準人瑞能被那種應該淘汰，沒腦漿得以填空的是精液的傢伙抓到嗎？

別開玩笑了。

殷樂陽開始揮霍存款，贈送禮物給照顧他的醫護人員，大量網購。

但是醫護人員是不能接受病人的禮物，只接受了鮮花糖果，並且分享出來。殷樂陽感激的笑著，比起一開始冷靜得接近陰鬱的模樣看來，這個年輕人終於走出生命中的深谷。

準人瑞並不因為醫護人員中有人被收買而否定全體。除去那兩個被利益誘惑的人，其他醫護人員都充滿熱情與正義感，相當程度的庇護並且照顧她。

她是很記情的人，有恩必報，都暗暗記下來了。

但是她得先離開了。

住院了半年，殷樂陽依舊消瘦得驚人。基本心法練到極致，雖然在武學上沒有多大突破，卻能去病延年。只是所有的精力都被她挪去修補創害了，以致於連一分脂肪都長不出來。

對她的計畫倒是意外有用。

被退回來的禮物加上一些網購，剛好是從假髮到鞋子，整套的、殷樂陽尺寸的女裝，包括足夠使用的化妝品。

如此消瘦剛好模糊性別，而時值寒冬更是男扮女裝的好季節。

施傲天的人和兩組輪班的徵信社人員還在痴痴的等待殷樂陽。注意到一個身材高挑幾乎有一百七十幾的「女郎」。漂亮的長直髮，雙眼皮，長睫毛，化著淡淡的妝，長圍巾遮著忽隱忽現的，櫻桃般的唇。

好高！可能是模特兒吧。

他們不約而同的掠過這點想法，然後又去注意醫院各出入口的動靜。

穿著羽絨大衣，短裙搭配緊身褲，穿著獵靴的「女郎」彎起一個美麗的接近危險的笑。

堂而皇之的，女裝的殷樂陽在眾目睽睽下上了公車，暫時的失去蹤影。

除了那一身女裝，凖人瑞只帶走了筆電的硬碟和手機。

可以說，她的偽裝非常成功。等被買通的內應發現殷樂陽失蹤，凖人瑞已經到了高雄，拋棄了長直假髮，換了一頂可愛絨帽。

等施禽獸方篩選可疑人物，鎖定在長直髮的「女郎」身上，凖人瑞已經搭渡輪到小琉球，並且拿掉雙眼皮貼布、假睫毛，徹底卸妝，換上T恤、牛仔褲、球鞋。

港邊咖啡廳洗手間的鏡子裡，出現了一個有點太瘦，卻非常俊美的年輕人。

不知道是不是貫穿右眼皮上下的疤痕所致，她一直覺得殷樂陽有點像《趙氏孤兒》裡的黃曉明。就算有疤，也疤痕得那麼帥氣，都帥破海平線了。

當然沒有黃曉明劇照中的疤痕那麼猙獰。凖人瑞淡淡的想。當代醫學雖然沒那麼好，但還是靠譜的。

留著這個疤很可能被追查到，但她還是想留著。

畢竟她是客觀角度介入，沒那麼感同身受。說不定，好了傷疤就忘了痛。

這對殷樂陽不公平。

她要留著每天、每天的提醒自己。

這就是為什麼她會發揮腦洞反偵查的緣故。偵查方會有既定思維。他們最容易形成第一印象的通常是髮型，然後才是臉。最快偵查的地方，通常是被偵查方的最親密關係：家庭、學校、工作場所。

然後會去查被偵查方的護照，可能還會注意機場。

但是，他們會把目光朝向整個台灣，卻幾乎不會注意到台灣其實還有離島。

嗯，加油。在不可能出現的地方尋找不存在的人。

怎麼感覺有點悲傷呢？

準人瑞壞心眼的想。

現實已然安全。網路？拜託，那是她的領域好不好？若是網路被突破，相信朱訪秋都會穿越來痛罵她了。

可不能讓這麼超現實的事情發生。

準人瑞安定下來。她在靠近山頂的民居租了一棟面海的小樓，價格不便宜，但也不是承擔不起。

一部機車，一台筆電。就這樣住入沒有冷氣，電冰箱常常休克的小樓。

在醫院時，準人瑞已經考慮好了未來方向，除了給無數的BL作家添麻煩，她也做好了相當準備。

這時空的智慧型手機剛開始普遍，手機遊戲也才萌芽，是個介入的好時機。

第一個手機遊戲還是她的練手之作，是個恐怖解謎遊戲，類別有點像「魔女之家」。這不是個很大眾的題材，卻足夠新穎。很快的引起大電信公司的注意，最後直接買斷。

雖然在準人瑞看來，真的是跳樓拍賣價，但她對金錢的態度向來是夠用即可。這筆錢夠她在消費水準不低的小琉球過五、六年了，那也就足夠。

現實沒有問題，有問題的是原主殷樂陽。殘缺的魂魄常常在她猝不及防時慘叫、發作痛苦。這干擾到她的日常生活，甚至頻頻失眠。

但準人瑞一點都不怪他，還會發揮超常的耐心安撫。

她承認她是個偏心的人，偏的都沒邊了。看她對杜芊芊多麼殘酷，動不動就武力鎮壓。

但她連根小指都捨不得加諸在林大小姐和殷樂陽身上。

她就是偏心跟命運堅決頑抗的人。

然後在某天安撫原主魂魄時，她想起殷樂陽非常喜歡唱歌。但準人瑞對自己相當不自信……她就是傳說中五音不全，並且每個音都不在調子上的音痴。

對自己沒有信心，但是，說不定能指望「殷樂陽」的才能？

她試唱了「我期待」。

然後堅強又危險的準人瑞大人不但把原主魂魄唱哭，把自己也唱哭了。

雖然有點不穩，但沒有跑調。讓她哭泣的是，那個禽獸永遠不知道他摧毀的是怎樣的珍貴，這世界差點失去最美麗的美好。

殷樂陽的聲音非常美，美的像是最乾淨的琉璃，沒有一點雜質。可以震盪人類最靜默的那根心弦，全心全意的被洗滌，並且心悅臣服的被完全征服。

除了落淚，還是只能無法控制的落淚而已。

那場痛哭後，殷樂陽的魂魄平靜下來。

終於明白，為什麼原版的殷樂陽能用音樂和親情感化隱藏版大魔王，他就是擁有這種魅力和力量。

但這讓準人瑞怒火更高漲，層層疊加。

之前她是憐憫、心疼，就像是個長輩看到悲慘的小輩，那種世間不公的憤慨。但是唱過（聽過）殷樂陽的歌聲，她真正的心火被勾出來。

不可原諒，絕對不能夠原諒。絕對要讓那個姓施的畜生付出難以想像的代價。

「別怕。」準人瑞輕撫著左心房，「祖媽帶你揍畜生，保證讓他再不想入六道輪迴。」

希望施傲天做好了被凌遲的準備。準人瑞淡然的想。

開始有音樂的滋潤後，原本進度極為緩慢的魂魄復原，居然快了起來。

大概平靜是心靈第一良方。

雖然只是從小指頭進展到拳頭大的光球，已經能和準人瑞簡單交流了——雖然三年裡只交流了一句，那也是驚天動地的大進步了。

殷樂陽說，他想唱歌給所有願聽的人聽。

很可愛的夢想，而且純粹。

但是準人瑞傷透腦筋。

到現在，不管是非常黑暗的擊沉全球強暴系ＢＬ作家，還是為了維生寫手機遊戲賺錢，她都徹底和「殷樂陽」的身分切割開來。

準人瑞做了一件不合法的事情。她入侵政府系統，虛構了一個身分，名字就是她前世的名字「羅清河」。所以她有一份假可亂真的身分證，並且得以辦新存摺，連跟電信公司簽合約都是這個名字。

因為她必須考慮原主魂魄涵養後完整的將來。

不管別人怎麼想吧，她堅信她的存在意義並不是侵占別人的人生，而是能讓原本脫軌的原主儘可能回到人生正確軌道。

都是些孩子。被命運錯待的孩子。

殷樂陽的希望非常合理，不合理的是準人瑞催人淚下的音樂才能……

幸運的是，準人瑞在小琉球找到一個厭倦都市，到小琉球隱居的聲樂老師。不幸的是，一直在學霸界呼風喚雨、無所不能的準人瑞惡狠狠的撞上鐵板，吃鱉得不能再吃鱉，連殷樂陽腦中的音樂才華都挽救不了她。

額冒青筋，而且青筋不斷猛跳的聲樂老師，不只一次將準人瑞轟出大門……然後拚命忍耐的撿回來。

為什麼一個音樂白痴卻擁有天籟般的聲音？老天未免太過不公平!!

但是一個單純的、不為名利只是想自由歌唱的年輕人，卻讓他一直那樣的不忍心。

準人瑞覺得自己就是上門找虐，但是一點都不敢反抗。她畢竟快活破一百歲好吧？這幾個任務年紀加一加真快兩百了。為了學生更精進的咆哮和將學生當作發洩情緒的垃圾桶，兩者完全不同好嗎？

她是非常尊敬前者的。聲樂老師也正是這種典範。

……只是這鐵板撞得好痛嗚嗚。

在老師和學生飽受折磨之後，總算是把基礎打下來了。花了兩年時光，準人瑞終於會看五線譜，能夠把每個音唱在調子上。情感什麼的，技巧什麼的，聲樂老師表示一切都是練習、練習和練習。

迫於血壓和心臟壓力，他老人家不奉陪了。反正靠天賦這小子又想只唱流行樂，夠用了。

聲樂老師非常愉快的將這小子踢出大門。

被歡欣鼓舞的逐出門牆真的好痛，準人瑞悽愴的想。

但是偶爾抽空來探望的黑貓表示欣慰。這樣多好啊，按部就班，乖乖的唱歌調劑身心涵養靈魂，不要再隨便開啟世界任務啊親！

準人瑞呵呵。

其實她心虛，但是她強迫自己不要去多想。

住在小琉球挺好。藍天白雲，每天出去散步都非常愉快。小島上有很多牽牛花，有的甚至從樹上、牆上，下垂如花瀑。

有別於印象中的牽牛花，一種數大便是美的精緻美麗。

望出去都是藍寶石似的大海。空氣充滿令人精神一振，甜美的溼氣。

住久了準人瑞會納悶，是不是真有靈氣這種東西。武俠世界的內功和仙俠世界的氣感到底有什麼差別。

因為在小琉球那種甜美溼氣中，她的基礎內功一日千里，幾乎趕得上無雙譜一半的進度。要知道，無雙譜可是頂級武林祕笈。林家內功心法？那是大路貨好不好。

原本她以為還需要十年才能小成，結果三年就已經修補好所有創傷，恢復元氣……可惜喪失的元氣還是回不來了。

但是能保證殷樂陽活著的每一天都健健康康，現在的身手也能在林大小姐的世界擠得上三流水準。

不過這是個現代世界的架空。

末法世代，不只是道法式微，武功也非常式微。

唯我獨尊就在今朝。

準人瑞開心了起來。

離開小琉球，準人瑞本來預留了遊說兜售最後一個手機遊戲的時間。

之前賣的都是小品，小打小鬧是夠了，但是要讓殷樂陽一輩子生活無憂的唱歌，那可就有點難。

結果她找的全台第一大電信的D公司沒給她這個機會，看過初版就痛快開個會，準備付錢了。

這是一個武俠遊戲，類似「仙劍奇俠傳」。但這只是說明了一個方向卻不是內容。遊戲劇本還是來自第一個任務的江湖傳說，經過準人瑞老辣的手，那可就是五百萬的劇本而不是五百塊了。

故事其實不複雜，可以選擇男主角線或女主角線。就是兩個主角為了追求至高武學，外出遊歷，途中相遇的故事。到了一地就會有各種鏟奸除惡情節，遇到各式各樣的人，有一定機會志同道合，加入團隊之中。

（當然你若是肯課金會有更高的機會將強力角色收入團隊）

除了各種熱血沸騰的爽文和感人肺腑的小故事。男女主角的愛情線也很值得一看。亦敵亦友的對手，相互扶攜的夥伴，最後心動的那一刻……好感度能讓人刷得痛苦的不要不要的。

因為不是愛情攻略遊戲，除了男女主角，其他都是親情和友情。標準而純粹的一對一！

被綁架強推的就是對武學（理想）的堅定和執著，層層感悟，保證玩沒幾天就想去拜師學武功了。

但是這些不可能讓D公司扯著準人瑞不放，馬上拍板。

讓D公司拍板的是，準人瑞將架構做出來了，卻預留給公司許多填充人物賺大錢的空間。更占便宜的是，準人瑞豪爽的開放一切程式，而她的功力起碼超前當今三十年。

並且，她承諾「售後服務」。可以寫e-mail跟她討論程式，免費指導。

許許多多的錢在眼前飄，不拽住他衣角趕緊簽約付小錢的，不是傻子就是瘋子。

……還沒能去第二家施展舌燦蓮花技能呢。準人瑞有點遺憾的想。

不過有錢買房買車買設備了。她又開心了起來。

費了一些工夫，準人瑞買下一棟兩層帶地下室，外貌似別墅的「農舍」。周圍的稻田也一併買下，用很低的價格租給鄰居種植。

所謂鄰居，最近的也得開車十五分鐘。不過農舍水電瓦斯俱全，雖然市場有點遠，得開車四十五分鐘，為此她特別買了個超大冰箱。

裝修的時候，她特別將地下室改造成「錄音室」。其實只是隔音很好而已，裝了幾個堅固的大鐵鉤，據她說明，這是未來要掛器材。

整體裝潢好以後，她非常滿意。

相信殷樂陽也會滿意……這可是用他名字買的第一份產業。

更滿意的是，離施傲天的所在城市只要開車一個半小時。

農舍環境很清幽，後面有山坡，前面有小河，院子很大，原本除了曬穀場還有個菜園。現在菜園改成不用費心照顧的小花園，曬穀場成了停車場。

傢具設備陸續就位，一切準備就緒。

準人瑞並沒有使用「錄音室」，而是在客廳佈置一下就準備直播。

殷樂陽的個性就算再投胎三次也無法適應娛樂圈的。他的願望又是那麼簡單，自由唱歌，唱給每個願意聽的人聽。

沒有任何壓力，直播是最好的選擇。

她隨便選了一個華語地區的直播平台。原本她還憂慮網路歌曲版權問題……結果直播根本不在意好吧。

她也想過抄捷徑直接剽竊算了，許多前世流行歌不要說存在，連原唱詞曲創作都不存在好嗎？

然後，然後她就汗顏了。

要不是記得主歌，就是只記得副歌，有的只記得旋律。果然剽竊也是個技術活啊，她悽愴的想。

好像……連「我期待」都是不完整版。

但是有才華的人就算是唱當世口水歌也一樣會發光。為了避免嗓子使用過度，她每天開播兩個小時，自彈自唱，大約六到八首歌不等。其他時間就像是電台主持人般，念念信（e-mail），談談心，灌灌心靈雞湯。

有時候跟聊天列的聽眾聊聊天，偶爾接受點歌。

一個顏值破表、天籟直達上天，連那點疤痕都增加無比魅力的美青年。一個智多近妖，煽動蠱惑人心比呼吸還簡單的老妖怪。這兩者單獨就富有殺傷力，何況二者合而為一。

非常囂張自稱「太陽星君」的準人瑞爆炸性的紅了。

她異常淡定的將直播網址寄給施傲天。施傲天不炸都沒有天理。

是的。施傲天還念念不忘，充滿憤怒和悲傷的，「我這麼愛你你卻只想著逃離我身邊……」（以下刪除三千字）

施傲天不能忍受看得到、吃不到的日子。他撒了大錢滿世界買座標……不是，買地址。

可準人瑞大人能讓他找到也是醉了。

於是施傲天很暴躁。他撒了無數鈔票，找了世界有名的駭客想將殷樂陽找出來查個水表……結果一無所獲。

滿世界追了一通，最後發現，「太陽星君」不在地球上。

這「事實」真讓人發瘋。

唯一能見到殷樂陽的機會，只有不知道在哪開播的直播裡。發狂的施傲天，唯一能做的就是在聊天列狂刷「小賤人不要讓我逮到你保證你死定了……」之類，還狂刷了五遍。

他不是不想再多刷幾條洩憤，而是無情殘酷又無理取鬧的站控將他禁言一萬秒。其他不明真相的觀眾有點同情這個發狂的粉絲。愛到這麼發瘋的粉絲真有些，若不是太陽星君保護隱私到喪心病狂的地步，恐怕也會多出很多私生飯（刺探入侵偶像私生活的粉絲）。

但是星君的粉絲總是比較自律的。

不自律不行啊，唯一能跟星君直接溝通的時候只有聊天列。星君很溫柔、很好講話，但是管理聊天列的站控簡直不是人。刷幾遍重複訊息禁言一萬秒，謾罵禁言一萬秒，吵架雙方都禁言一萬秒。屢犯不改拉黑名單，這輩子你別想用該帳號看直播了。

鐵面無私的站控從來不講話，只有殺手無情。一切攻擊與批評都視若無睹，偏偏星君也慣著他。

其實粉絲們真相了。

站控的確不是人。而是準人瑞親手寫的「關鍵字篩選原則終極運用版」。施傲天還能倖存只是永恆禁言中，還是準人瑞法外開恩的結果。

看著施禽獸氣急敗壞的臉孔挺有趣的。可惜他脾氣太大，把筆電砸了。附屬的攝影機也壞了，有點可惜。

準人瑞其實很少親自監控施禽獸，碰到玩玩而已。她也清楚施禽獸會怎麼幹……不就派些小駭客追查她的IP嗎？保證他們能追到外太空去。

她另有可靠的管道。

D公司非常誠懇的想把她挖去為他們公司做牛做馬，開出天價的薪資，相信他們非常理解她的價值了。雖然不可能答應，但是她也沒想跟D公司交惡。

萬事都有雙贏的可能，就看操作夠不夠高超了。

準人瑞用的辦法就是坦承和示弱。

在原主的許可下，她向D公司寄了一封e-mail，用淡淡的口吻訴說了將殷樂陽徹底摧毀的性侵事件。這導致他無法面對人群，面對D公司的善意時，依舊非常緊張所以面無表情的無禮，他深感抱歉。

只是他身心受創太深，沒有辦法常規工作，只好婉拒。但他依舊感謝D公司的善意，並且願意繼續無償與該公司前輩切磋。

隨信附上他自娛自樂錄下的三首歌曲。

準人瑞那妖言惑眾般強烈煽情的文字。殷樂陽渲染力逼近洗腦的歌聲。結合在一起像是一枚情感中子彈轟炸了整個D公司高層，最冷硬鐵血的總裁都偷偷紅眼眶。

D公司問他有什麼可以為他做的。這說不定只是禮貌的慰問，但殷樂陽靦腆的要求，能不能介紹他一個可靠的徵信社，因為罪犯似乎沒有進監獄。

這對D公司來說，不過是一個電話號碼的事情，卻可以用感情綁住一個程式天才，簡直不算事。不但推薦了一個業界最好、不輕易接單的徵信社，爭取了一個友情價，還大手一揮，公司的律師團閒著也是閒著，需要諮詢完全不用客氣，需要出庭也酌收點費用即可。

對於沒有人脈的殷樂陽來說，這可是大事，而且是大好事。

這表示有個頂尖徵信社全方位的監控施家和施傲天，同時隱諱的給D公司這個龐然大物上施家的眼藥。

果然，三年前明明已經罪證確鑿的施傲天依舊逍遙法外，該感謝施家的財富和能量。

施傲天雖然是房屋所有人，但施家提供了一份租賃契約書，表示早就租給別人了。所有的綁架性侵都是房客所為，被銬在屋裡的施傲天還是被害人呢。

違禁物和毒品則是房客朋友的。

問題是這些人都未成年。在施家律師團的操作下，坐沒幾年牢就可以出獄了。

有錢就是可以任性。準人瑞淡淡的想。她早已料到。要不是跑得快，連作證的機會都沒有……這就是為什麼她跑得那麼堅決的緣故。

其實讓她不解的是施家。她知道有恐龍家長，杜芊芊她爸還是霸王龍呢。只是家裡獨子無惡不作，明顯心理有問題，連給他請個醫生看看都沒有。

有病不治誤傷眾生啊。

順便替天行道一下也沒什麼。沒事兒，只是順序問題。

根據頂尖徵信社所報，施傲天舊病兒又犯了。又押了一個女孩子進舊址……殷樂陽的惡夢所在。

這回施傲天可聰明了，他跟一個保全公司簽約，保證萬無一失，並且將那棟公寓重新打造過，連隻蒼蠅都飛不出去。

不過他還是保持了獨處的惡習。這是他私密小樂趣，不喜歡和別人分享。

屋外有人巡邏，再頂尖的徵信社也沒辦法靠近了。

挺好的。

現代文明有個重大缺點。那就是倒了一個電塔，能夠癱瘓城市半天到一天。尤其是晚上倒電塔，真是不能更悲情。

她倒是沒有把電塔炸了，只是讓電塔暫時癱瘓而已。

整個城市都停電了。早已遠離完全黑暗的人群異常驚慌，和平時非常迅速有效率的保全公司此刻應該疲於奔命。

她就像是一抹黑暗的影子，悄悄的入侵了施傲天的祕密基地。

施傲天其實並不知道怎麼回事。明明正滿心殘虐的激昂在「疼愛」和陽陽有些相似的玩具，突然一片漆黑，他拿手機打光出去看看的時候，只覺得後頸一疼就什麼都不知道。

再醒來，他一動，鐵鍊就嘩啦啦的響。現在他呈大字形被吊著。雙手捆住，鐵鍊掛在天花板垂下的鐵鉤。腳上掛著腳鐐，兩腳張開的各被固定在地上的鎖。

就如同之前的玩具姿態。

房間四周掛著幾個露營燈，偽造出一種明亮的溫馨。

他看清了眼前的人，如畫般的眉眼，只是被右眼一道疤痕破壞了。笑得那麼溫柔，如春風輕拂的溫柔。

「……陽陽！」他其實還沒搞清楚狀況。

然後那個春風般溫柔的人瞬間變溫，立刻洶湧起暴風雪的氣勢，一個耳光抽過去讓施傲天掉了好幾顆牙。

「褻瀆。」準人瑞發現揍人也是個技術活。才搧一個耳光就噁心得不要不要的。

而且也不想聽禽獸噁心的告白、求饒，或怒罵。浪費生命啊這是。

她立刻去翻那堆道具，找到一個附帶子的球。這大概是……傳說中的口球吧。

然後非常粗魯的塞進施傲天的嘴裡，固定起來。

世界清靜了。

為了這一天，準人瑞做了許多準備。她甚至熬著回憶的痛苦去檢視殷樂陽的記憶，就是為了在這個惡魔窟適當的就地取材。

她要將這些這些亂七八糟的異物通通塞進施傲天的體內，讓他親身體會殷樂陽所有痛苦……每一分痛苦。

事到臨頭，她發現她辦不到。這太令人作嘔。

這讓她一直用理智壓制的怒火脫韁而出。所有她曾經承受過的痛苦，殷樂陽的粉碎和慘叫，這一切的一切，只是個愚蠢的、瘋癲的虐待狂，用愛做擋箭牌事實上只是滿足病態欲望的自私。

為此她和殷樂陽活生生的進入地獄！

「垃圾！」準人瑞咆哮，她順手拿了條鞭子，運足內力的鞭打這個禽獸。

或許就此結果了他，比較符合我的個性。準人瑞模糊的想。

結果她的小腿一痛。這讓暴怒的準人瑞稍微冷靜了點，回頭向下看著關鍵時刻又冒出來搗蛋的黑貓。

「別！羅，妳醒醒！」黑貓的心電感應非常急促。

「我很清醒。」準人瑞深吸幾口氣，「這麼結果了他，也太快。」

她審視上半身體無完膚、遍布鞭痕的禽獸。他在顫抖、嗚咽，疼得抽搐。說不定還求饒，誰知道。

畢竟他戴著口球啊。他最喜歡這招了。

「其實人類很脆弱又很堅強。有時候超容易死的，可有時候又很韌命。」準人瑞用鞭柄將施傲天的下巴抬起來，強迫他四目相對。

殷樂陽黝黑美麗的眼睛裡，像是燃燒著整個地獄，讓人從骨頭裡顫抖起來。

他很想恐嚇他、威脅他，然後將他眼中的地獄和傲氣通通打掉。將他壓在身下，盡情的征服他……用一切告訴他，不該這麼對待自己的主人。

殷樂陽將他放下來。施傲天以為情勢還能反轉。他得到的就是一拳讓他右眼瞬間看不見，痛得打滾的重擊。

準人瑞冷漠的抓著他的頭髮，像是拖著一袋死物，扔到床上，然後四肢固定起來。就像施傲天最喜歡的，手銬腳鐐的固定。

只是這次被禁錮的是施傲天。

準人瑞將露營燈都拿進來，並且找出一個醫護箱，裡頭能夠用的東西不多，但是酒精還是管夠的。

很細心的將施傲天的腿擦上酒精，畢竟不希望他感染得太厲害。然後從容拿起一把手術刀，一世帶四個任務的頭一回動刀。

她想在施傲天的每條腿割上一千刀，割成魚鱗狀。傷口要淺，出血要少，而且施禽獸不能暈厥或休克。結果他總是顫抖掙扎，害她割得很不好看，不得不將他點穴，下半身不能動。

嗯，果然。左腿割得不好看，出血也太多，右腿就好看多了，出血也少。

「今天就到此為止吧。」準人瑞含笑，痛得快發瘋的施傲天暗暗鬆了口氣，卻沒想到他氣鬆得太快。

「以後時間多得是。」準人瑞輕鬆的說，在他後頸椎捏了一下，施傲天就昏過去了。

「我保證，你將受八個月又二十三天的痛苦和監禁。一天不多，一天不少。」她冷冷的笑，異常危險的。

準人瑞一直是個公平的人。殷樂陽的苦，她通通要討到手。

在這個大停電的夜裡，施家獨子施傲天失蹤。

「去忙你的吧。」準人瑞有些歉意，「我只是……太激情了點。現在不激情了。我保證他一定會活著。」

「…………」

妳不激情比激情還讓人毛骨悚然好嗎？黑貓有些悲傷的想。

「……別太過啊。」明知道沒什麼用，還是苦勸了，「復仇不是任務目的。」

「我不會太過的。順便嘛。」準人瑞沒什麼誠意的敷衍。

黑貓要愁死了。但是對這種傷害同類追求快感的東西，他也沒有求情的打算。黑貓擔心的是他的執行者。

但是他也沒辦法擔心太久，又有一個小千世界瀕危。他恨所有野生的穿越者和重生者！

滿懷擔心的，黑貓又「失魂」了。準人瑞感慨她這年輕的上司也是忙得馬不停蹄。然後她將目光轉向掛在錄音室鐵鉤下的施傲天。

說起來，準人瑞自問待他不算太壞。

雖然從來沒有拿過醫生執照，好歹也是幫他治療傷口打消炎針了。可是他一能動彈就意圖偷襲。只好掛著讓他清醒一下。

正好網購的陰莖環到貨，正好讓他體驗一下殷樂陽曾經的痛苦。

殷樂陽因為不正確的裝置導致失去一個睪丸。其實正確裝置最容易壞死的是陰莖。所以準人瑞大人很認真的詳閱說明書。

至於施傲天會損失什麼……看天意吧。

只是過程有點噁心，帶了手術手套還是令人作嘔，扔了手套還差點把手洗破皮。

不過看禽獸痛苦崩潰瘋狂……一切都是值得的。

施傲天開始絕食。

這時候準人瑞已經將他放下來，只鏈著一只腳踝。其實這很簡單，她抓著那只腳踝，將施傲天往牆上掄了兩遍，他就痛哭流涕的開始吃飯了。

這禽獸人格有嚴重缺失兼怯懦膽小。準人瑞淡淡的想。最好是將他永遠隔絕在社會之外……不大可能，又不能殺了他。

但是，動物都是可以馴化的，不然哪來的馴獸師。

準人瑞一日照三餐的鞭打施傲天，並且局部麻醉為他動了一次手術……天花板懸了面鏡子，逼施傲天親眼看著自己被開膛破肚。

其實只是割盲腸而已。準人瑞很遺憾手術居然成功了，除了施傲天半瘋，這麼粗暴的手術居然沒有引起任何感染。

真是懊惱。

躺了七天以後，施傲天突然變乖了。

準人瑞一靠近他，他就跪下，五體投地。讓她開始覺得很沒意思。

她終究不是虐待狂，天天揍人也是很無趣的。後來忙起來，她還會把地下室的人給忘到腦後。要不是漸漸成型的殷樂陽提醒，施傲天早被她餓死了。

刑滿前一天，一直很沉默的殷樂陽主動跟準人瑞溝通，說，他想親自揍施傲天。

準人瑞立刻將身體主控權交給他。

殷樂陽一接管立刻跌了一跤，但還是爬起來，有些跌跌撞撞的走到地下室，開了燈。被關在沒有一點光線和聲音的地下室，施傲天離瘋也不遠了。

殷樂陽打了他一拳，卻沒什麼力道。他畢竟涵養得還沒那麼完整。最後他拿起鞭子，將施傲天抽了一頓，最後猛力的拚命踹他的下體。

蓬頭垢面的施傲天只會打滾哭嚎，完全不敢反抗。

他終於住手了。慢慢的走上樓梯，將地下室的門關上。然後，他哭了。聲嘶力竭的大哭，將所有的怨恨痛苦和茫然，用淚水徹底的洗滌。

因此殷樂陽的魂魄陷入沉眠，拉長了涵養時間。

這是應該的、必然的。只需要一個儀式，就能夠擺脫黑暗的災厄。根本不必要為了坨垃圾就陷入永遠的痛苦。那不值得好嗎？

人生還那麼長，有那麼多美好等著。

準人瑞將施傲天放了。從被抓到被釋放，施傲天都是昏厥狀態。

他立刻報警，也入院接受治療，雖然沒損失什麼零件，可也從此不舉。但是他控告的人卻是失蹤人口……警察甚至將施傲天列入嫌犯中。

然後他連絡上家人，卻驚覺八個多月的時間，施家已經破產。他已經一文不名。

因為被他綁架的女孩返家，雖然不敢報警，卻將濃重的恨意朝向施家。然後神祕人送了極厚一疊的施家違法資料。

這不足以讓施家破產，但是加上被害人家庭的聯合運作，那就足夠了。

當中發現施傲天身上不只一條人命。靠裝瘋賣傻保命（自以為）的施傲天，終於明白什麼叫做「囂張沒有落魄的久」。

他被判了無期徒刑，果然要落魄非常之久。

其實，將暈厥的施傲天扔在警察局附近的防火巷，準人瑞開車沒多遠，就被迫停在路邊。

因為她七孔流血了。

但是準人瑞並不後悔。她說過，要讓施禽獸再不想入六道輪迴。即將放走施傲天的那一刻，她真說不出有多不甘心，多麼遺憾。其實這樣是不夠的，只要想到他曾經幹過那些禽獸不如的事情，她就快狂躁起來。

真該將他隔絕於社會之外。或者給他上個項圈……永遠掙不脫的項圈。不然讓人怎麼放心？她早晚要走。

就在那種強烈和不甘中，她突然感悟了。

她曾經寫過夢魔一族。食春夢維生的魔族，能讓人類的睡眠永遠被夢魔統治，再也不能脫離惡夢，再也不能安眠。

被這樣折磨終生的人，才會「再不想入六道輪迴」。

所以她就這麼做了。將夢魘的種子打入施禽獸的額頭，夢魘會慢慢的成長茁壯……成為永遠的夢魘。

然後她就七孔流血了。她猜，可能又觸碰到天道規則的邊緣，被懲罰了。

她將臉埋在方向盤，因為擦也擦不乾淨，隨便吧。

只是，她又強烈耳鳴了。發出嗡嗡的，像是電波干擾聲，震耳欲聾。

她還是羅清河的時候，也發生過這種嚴重耳鳴。漸漸的，雜訊漸少，聲音漸漸清晰。

還不如一直震耳欲聾呢。

她聽到吶喊、哭泣、悲訴。來自她所架構的世界，無數悲劇從文字縫隙瘋狂朝她襲來。

因此她大病一場，造成她將近十年的一蹶不振。也是從那個時候，她的筆變得柔軟無比，所有結局都是甜美滴蜂蜜。

也因此，被許多讀者不解不滿，甚至被嘲諷「文筆大倒退一世紀」。

誰在乎，又不是他們聽到異界的悲鳴。

回頭看看也覺得那時的自己真幼稚，耳鳴不過一年多，卻如驚弓之鳥蜷縮了將近十年。

人類真是有點可憐。需要將近一甲子六十年智慧才會完全成熟，但是「心靈長大」，就已經開始老了。等將一切看明白，就快要死了。

更可悲的是，她活到近百歲神智依舊保持清明。也到生命快終結了，才算是懂事兒。

所以黑貓的出現，她並不吃驚。命書和命書世界的關連，她也早就模模糊糊的觸摸到了。

雖然並沒有什麼用。

結果，在殷樂陽的世界，她在鹵莽碰撞天道規則後，又聽到熟悉的耳鳴。七孔流血都沒讓她那麼無奈。

時間其實很短，哭訴類別也很單一，但也讓她將悲鳴聽飽了。

她將臉上的血污擦乾淨，出血量其實不多。

仔細想了想，她其實不後悔。

究其本質，她就是一個祖媽。祖媽就是要言出必行。她已經徹底做到，這點代價是必須的。

只是，希望黑貓沒有心臟血管類的疾病。特別希望他沒有腦血管。

她並不認為獸醫能夠治療這種「黑貓」的中風……設法避免看看吧。

回去她再沒有關心施家和施傲天，專心一致的練習發聲、吉他和電子琴，盡量將直播做好。她不再寫手機遊戲，改寫手機應用小程式，努力撈錢。

然後成立了個基金，直接投注在「性侵受害者精神醫療」上面。這是跟某家精神醫學比較有建樹的研究所合作的。

照她來看，精神醫學相較於其他醫學，進步實在夠遲緩的。能夠給性侵被害者的幫助也真是夠少的了。

與其抱怨，不如做些什麼吧。杯水車薪可能無助於事。如果是茶杯口大小，源源不絕的泉源呢？

「……這就是您想做的事嗎？」近來清醒時間漸多的殷樂陽觀察許久後問。

「呃，也不是我想。」準人瑞輕嘆，「只是我聽見，就做點能做的事情。」

規模很小，而且成果渺茫，搞不好是白投錢。應該，大概，可能不會變成世界任務……吧？準人瑞不是很有把握的想。

殷樂陽的魂魄沉默了片刻，「您……最近為何不畫圖了？」

「圖庫夠了呀。」準人瑞非常坦白，「夠將他們嚇到下個世紀了。」那些通通用程式和關鍵字篩選原則去跑就行了。

哪天她走了，不付錢給主機公司了，自然就停止運行。想來那些強暴系BL作家會薄海騰歡、普天同慶。

「別擔心這些，我都會處理好。」準人瑞非常帥氣的一揮手，「現在感覺怎麼樣？要不要復健一下？現在我明白了，靈與肉是一體兩面。你還是多多適應全面掌控身體，才能更快的復原魂魄。」

殷樂陽暈了一下，就發現他掌握了身體。雖然還不太靈活，左邊身體還有點麻木，慢慢行動是可以了。

太陽真溫暖。

他站在窗前看著碧青青的秧苗，風梳綠浪。

真溫暖。殷樂陽輕輕將手按在心臟的部位。聽說她住在右心室。

曾經以為，這世間沒有神，以為除了冰冷再沒有其他溫度。錯了，錯得太厲害了。

這世間有神，住在右心室的神明。既溫暖又殘虐的神明。

溫暖普照他的神明。殘虐對待惡魔的神明。

她那猙獰殘酷的身影，事實上是最慈悲強大的。

這世間有神。

準人瑞反駁過兩次，就隨便殷樂陽亂想了。

可憐的孩子，需要信仰支持就去吧。準人瑞淡淡的悲憫。只是從來沒聽說過有老太婆神，寫成小說必定滯銷。

但她也是真忙。尤其每天要讓出幾小時給殷樂陽復健，更讓她其餘的時間忙得不得了。

現在直播改三小時了，越來越多人把「太陽星君」當知心哥哥。

不知道是偶然還是必然，某天聊天列某個眼熟的ＩＤ突然崩潰，哭訴她被親叔叔性侵，不知道如何是好。

準人瑞悄悄的將其他人暫時禁言，讓她盡情傾訴。

不相信她的人要她閉嘴，停止說謊。

相信她的人也要她閉嘴，說都是她的錯，誰讓她沒事就跑去叔叔的房間。

她被打了。

但是這些讓她痛苦卻沒讓她崩潰。真的讓她崩潰的是，叔叔說她是天生賤貨。因為她有反應。她無法反駁，覺得自己很污穢，所以崩潰了。

「這沒什麼好羞愧的。」準人瑞慢吞吞的說，「生理受到刺激，就會起反應，哪怕心裡多麼厭惡，那是沒辦法的事情。不管是男性還是女性都是如此。」

「真正打擊到妳的，是妳最信賴的人居然用這種方法傷害妳。但這不是妳的錯，完全不是。」

她現在應該在哭吧，準人瑞精神有些渙散的想，我聽過她的悲鳴。

「親愛的女孩……」

準人瑞頓了一下。因為殷樂陽輕輕觸碰她，對她細語。

你確定？準人瑞驚訝又不忍。

嗯。殷樂陽堅定的回答。

「……親愛的女孩，我也曾經被性侵。」準人瑞代替殷樂陽，輕輕的傾訴，「我也曾經，走過人生最深的幽谷。」

她想再說什麼，熱辣的眼淚幾乎奪眶而出。

僵在當場。僵在三萬多觀眾面前，準人瑞和殷樂陽的情緒交雜，澎湃如海嘯。

「……抱歉。」她轉身逃進浴室，眼淚一滴滴的滴下來。分不出是誰的眼淚，份量卻是雙倍的沉重。

這對陽陽太難。我真不該答應他。

「……我想聽，您的歌聲。」殷樂陽壓抑住啜泣的說。

準人瑞走回去，觀眾沒有走光，人數反而不斷的攀升。到現在依舊是全聊天列禁言，只有那個惶恐的小女生不斷的責備自己，已經語無倫次了。

沒事。親愛的女孩……和我親愛的男孩。

她唱了「我期待」。這應該是最接近完整的版本了……她將所有記憶裡的都蒐羅出來了。

應該是乾淨清澈的歌，卻讓她唱得面目全非。她將熔漿似的憤慨徹底爆炸，絕望似的嘶吼，每一個高音都像是戰意縱橫的尖銳。

撕扯、割裂、震撼每一個聽眾的靈魂……拷問內心深處。

這不是她第一次唱這首歌，卻絕對是最後一次。

說不清是「星君曾被性侵」，還是「星君用一首歌抖S了四萬觀眾」比較爆炸性。

但是星君自此致力於「性侵防治」，並且用音樂統治無數臣民，這是無疑的。

準人瑞在殷樂陽能全面掌控身體和生活後，也含笑的放手了。

休息時間

黑貓匆匆趕回來的時候，是因為準人瑞的生命顯示偏黃。

他以為任務沒有完成，導致積分扣光，準人瑞受重傷，或是更不妙的瀕危。

結果……他頭一暈。憤怒的撲上去咬住準人瑞的小腿。

「……別鬧。」準人瑞大人無奈，「我只是撞到天道規則的邊邊……大概吧。」

黑貓鬆口……更憤怒的咬了第二口。沒辦法，從來未曾出現這麼叛逆的執行者。他們都怕得要死好嗎？人有趨利避害的本能！

所以只要冰冷的精神恫嚇就可以乖乖讓他們聽話，他本身的文明已經不鼓勵體罰……以致於想懲罰準人瑞居然沒招數，只好動口咬了。

「你不真的是貓。」準人瑞動了動腿，最後還只能嘆氣。

黑貓換地方憤怒的咬第三口。

她肯定這個神祕黑貓本體絕對年紀很輕。不，說不定還沒脫離幼兒口腔期。

真不想用這招。

準人瑞彎腰，搔了搔還咬掛在她小腿上的黑貓下巴。果然黑貓眼神迷離的鬆口，仰起脖子。

很快的，眼神聚焦，憤怒中帶點羞愧的往後一跳，渾身的毛都豎直了，「妳妳妳！無禮！輕浮！無恥！下流！」

是是是。你說什麼是什麼。準人瑞又嘆氣，她從來不跟小孩子多計較……多拉低智商。

她是真的疲倦，感覺到冷，而且有種淘空的感覺。

撞過天道規則後，她勉強留了兩年，直到陽陽能獨立才離開。其實靈魂疲憊到不行，已經是極限了。

原來靈魂受傷是這種感覺。

「我想，我需要休假。」她對黑貓說，帶著淡淡的微笑倒到床上，睡了過去。

……好想揍她。真想揍她。但是黑貓卻只是拉起毯子蓋住她。

檢索完任務流程，黑貓的臉都黃了。

他現在最想做的就是將準人瑞從床上兔起來跟她好好談人生。

呵呵，以為開了點頭緒「小打小鬧」就不是世界任務了嗎？

我和妳都太天真了!!

任務最後評價是「超越完美」，加分題完全破表，個人評價發瘋似的飆漲。明明冒犯了天道，但是天道還是很大度的原諒她……就因為她幹得太好了。

原本幾乎熄滅的命運線完全點亮，綠得太過。

為什麼呢？呵呵……

因為她成為殷樂陽心目中的神，唯一神。而殷樂陽收養的養子殷悅，也將殷樂陽視為心目中的唯一神。

殷樂陽信仰唯一神，所以接續了她所有開的頭。

準人瑞離開後，殷樂陽跟開掛一樣，徹底勇敢起來。他不只是用音樂征服聽眾，他是乾脆統治了所有聽眾。原版中只影響了養子一個人，現在他乾脆用更有渲染力，強悍得跟洗腦一樣的歌聲影響全世界。

賺來的財富幾乎都投入準人瑞的「夢想」。

他三十歲的時候收養十歲的殷悅，卻因為早年的摧殘，只活到四十就英年早逝。

但將養父當成唯一神的隱藏版大魔王殷悅，悲痛欲絕後就將養父的遺志當成生命所有的意義。

想想吧，能夠獨立號召一群瘋子讓地球炸裂的隱藏版大魔王。試問想消滅強暴系BL作家和性侵害需要幾成功力？

答案是，宛如一片小蛋糕（**It's a piece of cake.**）。連吹灰的力氣都不用好不？

一手攢著音樂和軍火，一手攢著駭客和病毒（電腦病毒和……真的病毒），全世界都要讓他嚇尿了好不?!

於是在祖父孫三代（？）的努力下，達成了非常豐美的成果。

精神醫學在刻意扶持下穩健飛奔。（達成文明促進任務一）

強暴系BL作品網路與現實通路徹底絕跡。（達成文明促進任務二）

性侵犯強制精神醫療。無痊癒跡象者終身監禁。（達成文明促進任務三）

徹底消滅性侵被害者「標籤」。（達成文明促進任務四）

因以上四項完全達成，「世界任務：羅清河的野望」完成。

…………

別理我，讓我靜靜。黑貓本尊萬念俱灰。

無語問蒼天，蒼天不語。

那個隱藏版大魔王跟準人瑞根本沒見過，是吧？為什麼隱藏版大魔王會那麼像準人瑞的親傳弟子？

為什麼？

都是那麼邪魔歪道。充滿了煽動、蠱惑……等等看起來像是魔女，而不是聖女的手段。

更不可思議的是，這麼邪惡的「革命」，天道居然欣然接受，還非常讚賞的給了個破表的評價和天文數字的積分。

誰能告訴我？

難道是因為大魔王致力於養父遺願，沒工夫毀滅世界，天道逃過一劫的緣故？

不不，天道是每個世界的至高，他不能想得那麼猥瑣。

黑貓覺得自己的三觀都被震碎了，正在艱難的重組中。

命書卷伍

撥亂之月

分配的任務抵達時，黑貓和準人瑞都啞口無言。

黑貓的臉完全黑了。雖然他本來就滿臉黑毛。

這次分配過來的只有五個任務。四個任務標籤是末日，一個是古代。毫無例外每個的危險度都紅得發黑。

「……哈哈。」一直很崩潰的黑貓轉過頭來安慰她，「反正積分妳都堆著，任務失敗個一次也沒什麼嘛，只是把積分賠光……賠不夠也能暫時欠著。順便把個人評價降一降，反而能接些比較簡單的任務……」

——所以這些任務是必死任務嗎？

準人瑞破天荒的看了自己的個人資料表……跟網路遊戲的人物數值表有啥兩樣？她實在接受不了。而且也翻不到個人評價。

「所以我個人評價到底是什麼？」

黑貓錯亂的爆鄉音了……最少她完全聽不懂他說什麼。聽語氣大約是在罵她。

「別激動。」準人瑞很敷衍的安撫他，「可以的話請說中文，閩南語我嘛也通。」

「…………」

其實這是個悲傷的故事。

絕大部分的執行者第一個新手任務都是武俠世界，就是為了將武力值墊高，省得沒幾個任務就殞落了。

但是記得執行者的資格嗎？是的，第一資格就是創作者。創作者幾乎都是四肢不勤的傢伙……新手任務幾乎都要刷掉一半以上。

剩下熬過新手任務的，就開始慢慢的做沒有什麼性命之憂的簡單任務，通常合格就相當拚，還不乏有沉迷其中，霸占原主人生的傢伙……只要他們完成任務沒有觸犯天道，不會跟他們計較，這到底也是種篩選，想自找殞落那也是沒辦法的。

通常把心智磨練到一定程度，任務經驗也相當豐富，個人評價高，才會開始接危險度為紅色的任務。

「所謂『任務經驗豐富』，是多少才算豐富？」準人瑞終於聽出點問題了。

「……我麾下最速記錄是三十五個。」黑貓悲傷得不可抑制，「可是在團隊任務裡叛變，導致一個小千世界灰飛煙滅。」

「可我才四個。」

黑貓哭了。

「……妳為什麼要每個任務都做成世界任務？加分題太多啊!!」

準人瑞突然也有點想問為什麼。

「呃，那我現在能兌換什麼金手指嗎？」她不太有把握的問。

「現在妳就算兌換金大腿也沒用了！」黑貓真的怒了，「妳不如把積分留著直接等任務失敗還能扣積分，而不是直接魂飛魄散！」

原來金大腿都沒用了？

準人瑞沉思了一會兒，輕輕笑了起來。

人活著總是會死的嘛。更何況只是扣光積分降評價。不得不說，這四個任務人生還挺有意思的……有意思的就是將人掄在牆上的那一刻。

咳咳，其實是快意人生有趣，快意人生。

而且黑貓很溫柔。

她猜想，黑貓起碼也是中千世界以上的人，某種……人族？最少是俯瞰的存在。但是他待小千世界的人卻有種格外的溫柔。小千世界毀滅，他會因此心情非常壞，也一直在為這些小小的世界奔波忙碌。

或許是因為這樣，她才越來越沒辦法對他使性子發脾氣。

「為什麼沒有仙俠？」黑貓還在難過，「我錯了，我就該先安排個仙俠新手任務給妳啊！武俠哪裡夠……妳幹什麼?!」

準人瑞已經果斷選了標籤為古代的那個任務。

「不！那是瀕危世界！那個世界有問題！」

果然。準人瑞微微笑。她很擅長從隻字片語裡頭拼湊事實。黑貓似乎為了某個古代世界瀕危而煩惱。

她有預感，她可以的。

呃，真的可以嗎？

一上線就瀕臨窒息危機。她完全呼吸不到空氣。

心臟跳得雜亂，因為窒息的關係，耳膜發鼓，心跳震耳欲聾，緩慢、侵蝕般的痛苦，拚命掙扎也吸不到足夠的空氣。

心態一直很平和的準人瑞終於驚慌了。如果說，還是殷樂陽的時候距離死亡還有半公尺（五十公分），現在她距離死亡只有五公分。

而且是折磨最久的窒息。

冷靜，冷靜。準人瑞開始排除狀態。她的脖子並沒有束縛什麼，臉也沒有被覆蓋什麼，此時也不是在水裡。

所以，為什麼會窒息呢？這種窒息的感覺……她好像經歷過。

一分心，她才發現並不是完全呼吸不到空氣，而是呼吸不到足夠的空氣。被什麼堵住了，而且越堵越厲害。

是了。她生頭胎的時候，補得太過，結果臨盆時胎位上升壓迫到心臟，不得不戴氧氣罩。

但此時也沒有陣痛。

拚命掙扎，居然挪動不了身軀……或許可以說，挪動起來非常費力。

窒息的狀態越來越嚴重。整個頭都好像脹大了好幾圈，脆弱的眼球都快爆出來了。

就在她以為必死無疑的時候，她的掙扎還是有點用處……她從高處滾下來，跌坐在地上，發出碰的一聲巨響。

喘過氣來了。她流淚。從來沒感到空氣如此甜美。

原來她需要的只是一個強迫體位。

努力喘了半天，她才終於把氣喘勻。然後……睜開眼睛，覺得視線有點窄，下巴頂著一圈肉。體積……好像有點龐大。

黑貓坐在她面前，一臉不忍卒睹，「……妳現在看起來像墩肉山。」

「剛才是，怎麼回事？」準人瑞還有點暈。

「……望舒郡主，剛剛差點把自己胖死了。」

黑貓悲傷，他也不想的。只是望舒郡主的關鍵點實在非常難找，這是碩果僅存的一個。

原版歷史已遺失。

是的，這就是為什麼這個世界會這樣岌岌可危又棘手的緣故。

原版到底是為何遺失（或者被遮掩）完全不可考，直接接上的就是命書版本……連被改編了什麼都不知道。

但為何肯定被改編呢？

因為望舒郡主的儀賓（丈夫）許亦白是個重生者。而且是個野生的重生者……應該是趁小千世界毀滅時，相鄰幾個小千世界飽受影響時重生的。

望舒郡主周傲霜的身世非常顯赫。周相是她的祖父，夏朝皇帝是她的外祖父。她的母親文儀公主是皇帝最寵愛的女兒，恭謙賢淑。她的父親周學士也是當朝有名的才子。皇帝與周相君臣相得數十年，文儀公主是兩家重要的紐帶。而且文儀公主穎慧，在父皇和公爹面前都說得上話。文儀公主唯一的女兒份量之重顯而易見。

能娶到望舒郡主，許亦白少奮鬥三十年。

改編版其實就是部男主各種狂傲酷霸跩的發家史。

首先，他娶了年方十五嬌豔欲滴的望舒郡主，成為皇帝的外孫婿。然後從此平步青雲，並且獲得皇帝的信任，成為心腹。

但是，別忘了，他可是重生者呢，怎麼會被假仁假義的皇帝蒙蔽呢？周家更是虛偽，以為把女兒嫁給他就能夠控制他？別做夢了！

他可沒有忘記前世就是被這些人害死的，他要報仇！

於是他隱忍的發展自己的勢力，終於把皇帝宰了，屠宮了，順便把周家滅門了。然後收穫無數後宮，開始了他的霸業宏圖。

先是把朝鮮滅了，然後把小日本也給滅了。西域？小蛋糕，吃了。然後把整個亞洲統一完了，遠征歐洲！別以為距離能造成什麼壓力，雖遠必誅！

要不是西伯利亞太冷，大概也遭殃了。

其實這也就是部憤青滅日屠美型的後宮小說，很常見。

不常見的是作家的三觀很有問題啊……也可能是許亦白的三觀嚴重有問題。

他幹了什麼呢？他把歐亞兩陸搞得民不聊生，十室九空。更嚴重的是扭曲了當代的道德觀。

許亦白是個很有魅力的人。不幸的是，他本身是個反社會人格，照準人瑞的評價就是個「滅世型希特勒」。

他吸引了大批亡命之徒，明明已經篡位，卻一直熱愛戰爭，時不時就要御駕親征。他什麼都不在乎，只沉溺於戰爭的鮮血中。他鼓勵殘酷，破城從來不封刀，用燒殺擄掠獎勵軍隊，以戰養戰，風格非常殘忍。

只有強者才值得生存，弱者就是魚肉羔羊。

他是沒說出「適者生存，不適者淘汰」，但是他做得有過之而不及。可以說，他是黃巢三倍速典藏版。

他身體特棒的活到八十八歲，歐亞在他的暴政下統一了。他的大皇朝（你沒看錯，他的國號為「皇」）傳到他孫子才滅亡，但是他的兒子和孫子都跟他一樣殘酷。所以大皇朝滅亡時，歐亞人口起碼少了一半，人類的文明起碼倒退了兩到三個世紀。

在那段大黑暗時代，道德完全崩壞。什麼法律？拳頭就是法律！殺人放火根本沒人管，活該倒楣你是弱者。

的確是相當程度的示範了沒有法律道德禮教約束的自由時代。只是這自由時代讓人類崩盤了。

雖然之後漸漸恢復了文明，但是造成了非常嚴重的遲滯。以致於末世來臨時，蒸汽機剛發明出來，外科手術還跟屠夫掛鉤……如此落後的科技碰上了末世，結果就是人類全軍覆沒。

天選種族滅亡，天道傾覆。GG。

…………

做夢都沒想到連改編命書版本都是大綱。但是大綱也夠讓人怵目驚心的了。

準人瑞努力消化了一會兒，又將原主記憶翻了翻，探望了左心房沒有四肢的郡主。睜著眼縫看著只有巴掌大的黑貓。

太多疑點，也太多槽點了。都不知道要從哪兒吐槽起。

好吧。嬌豔欲滴的望舒郡主……未嫁前的確嬌豔欲滴。但是誰來告訴我，嫁人五年怎麼從嬌豔欲滴進化成一墩肉山，然後每個人都在責怪郡主無法控制口舌之欲……連她親娘都不忍見她。

喂！發生這樣的變化，第一個想法應該是趕緊找個醫生給郡主看看吧？這明顯是病態，而不光光靠吃能吃成這樣啊！

準人瑞都懷疑郡主內分泌嚴重失調，搞不好中毒了，結果她的親人居然還只會羞愧我的天。

根據黑貓掃描，公主身高一五〇，體重一百八十公斤。

難怪她必須要靠強迫體位才能正常呼吸，平躺會呼吸困難好嗎？

「你要不要先告訴我，為什麼你現在只有巴掌大？」別告訴我縮水是為了賣萌。

黑貓有點萎靡不振，「這是單刷副本不是團體任務。之前還有一隻黑貓先進入世界了，我不縮小是進不來的。」

「……所以在我之前有個執行者進來了？」準人瑞驚悚了，「是誰？」

「太子。呃……前任太子。」黑貓嘆氣，「可以的話也希望是皇帝。但是皇帝的意志太堅定，完全沒有關鍵點可以進入，只好選他兒子。」

他眼眶溼潤，「但是被許亦白幹掉了。不愧是大魔王啊……」

但是這不是最壞的消息。

更壞的是，執行者任務失敗，積分還夠扣，卻沒有回來。連他的監控者黑貓千呼萬喚都無法回歸。

準人瑞非常困難的才扶住額角。

這任務……真的有完成的可能嗎？她突然有點沒信心。

再三保證，黑貓才很不放心的離開。這次他還負責搜救太子執行者和太子黑貓。

準人瑞淡定的看著他離開。反正黑貓除了咬小腿也沒其他功能，真的用不著不放心。

大夏朝是一個時代風格近似宋朝，國力卻強很多，君臣普遍智商正常的……架空。雖然封建王朝的毛病都有點，但不嚴重。最好的就是人治色彩嚴重是時代所限，基本上還是有體制、有規矩的朝代。

政治清明，國泰民安，是太平盛世。皇帝四十多歲，身體特好，還能彎弓射大鵰，智商時刻在線，朝廷運轉很順暢。

後宮到現在連皇后在內才十人。皇子六個，公主兩個。內宮兒童存活率達到七成，對照當代的醫療水準，可見後宮管理非常到位。

所以她有點好奇「太子」是怎麼死的。可惜改編版只有大綱，郡主的消息封閉得簡直自閉，記憶一點眉目都沒有。

好消息是，參照大綱和記憶來看，這時代似乎沒有「內力」之說。但是她試圖運轉無雙心法卻是可行的……雖然很困難。但有困難總比沒得困難好。比如還是殷樂陽的時候，不能練無雙譜真的不夠爽。

仔細將一切理順，她才發現最大的疑點。

許亦白為何如此仇恨望舒郡主？

是的。仇恨，非常仇恨。

望舒郡主的確是易胖體質，所以公主娘一直嚴格控制飲食，她也一直很聽話的忍著。最少她出嫁的時候有把漂亮小腰。

許亦白一重生就立刻磨著家裡向望舒郡主求親，十五歲一到就急吼吼將人娶進門。然後就是各種嬌寵、各種放縱，甜言蜜語不要錢的灑，一日三餐、點心、宵夜的餵食。

十五歲的小新娘哪能不昏頭，對自己的儀賓怎麼可能有戒心。心愛的人滿眼愛意的說，「望舒什麼樣子我都喜歡」、「望舒哪裡胖了？那是豐滿」……

準人瑞只想冷笑兩聲。

欺負人家小姑娘不懂。還以為夫妻相處得相敬如賓呢，原來對喜歡的人一年同房不到兩次呀？同房之後喝的是什麼補湯？

你倒是說說看，為什麼新房佈置不用嫁妝，特別用了特別能承重的「鐵木」？床鋪桌椅做得特別寬大結實？你敢發誓不是早有圖謀？

許亦白是故意的，他打從重生就開始這一系列縝密的毒計，再也沒有什麼比成為一墩肉山更毀女孩子的惡毒了。

毀的是容貌、健康，更毀的是自尊。甚至可以很方便的將望舒郡主絕望的孤立起來。而且，照左心房的原主魂魄看來，臨終時郡主可能呈現人彘狀態……

多大仇?!

……可是為什麼要特別針對一個天真無邪的小姑娘呢？許亦白也太費心了點吧？

她又重新整理記憶，找不到郡主的特殊點。

望舒郡主就是個教養嚴格的閨秀。有一點小才情，會點養生為主的粗淺功夫。她是還滿聰明的，但是身世顯赫的她生活一直都是順風順水，沒有遇過一點波折。甚至她還不驕縱，連得罪許亦白的機會都沒有……

頭回見面她才十二歲啊親！還是宮宴上擦肩而過的那種見面。

難道是原版，許亦白重生前那一世？

但是凖人瑞怎麼都不相信，人設如此溫善愛笑的純潔少女能把許亦白怎麼了。

唯一知道的是要阻止許亦白。但是天道的破規矩就是不能殺人啊混帳！

凖人瑞大人都氣得喘氣。

然後發現氣喘是因為身為一墩肉山。連扶額都必須困難的壓迫重重肉堆。

她更發現了一樁非常嚴重、非常緊急的事情。

那就是，望舒郡主能不能好好活著。

之所以她差點窒息死掉，只是因為睡夢中從高枕滑下來。到這地步已經是生死存亡的關頭啊！郡主還能活到被許亦白削成人彘，她可沒有這個把握！

完全將思緒理順已經是三天後的事了。她對婢女們輕視鄙夷的眼神完全無視中，只是理順思緒後，凖人瑞的情緒非常不好。

更不好的是，她把鐵木製的馬桶坐裂了。當著她的面，婢女們肆無忌憚的大笑。

已經在暴怒邊緣的凖人瑞終於勃然大怒，冷喝，「大膽！」

雖然準人瑞從來不曾當過郡主，但是她被讀者嬌慣壞了，唯我獨尊、張揚跋扈了七十五年。更何況，她膝下連玄孫都有了，一直都被兒孫小心翼翼的捧著，尊稱「太皇太后」。

匹夫一怒，血濺五步。天子一怒，血流漂杵。

準人瑞大人一怒呢？氣場全開，即使是墩肉山，也是狂風怒號、暴雪狂雷的肉山。這些婢女終於想起來了，眼前的肉山可是個郡主。還是個身世很顯赫，發怒可以主宰她們生死的郡主。

於是齊齊的膝蓋一軟，跪了一地。

準人瑞的嘴角抽了抽。

先別跪了好嗎？妳們倒是先把我扶起來啊！我還坐在開裂的馬桶上，現在就有點冷了……

對於無力自己站起來的「嬌弱」，準人瑞一陣悲從中來。

向來自卑懦弱的肉山，突然畫風大變，瞬間冷豔（？）高貴起來，脾氣不是一般的大。

所有的婢女婆子都戰戰兢兢。

因為內院戰鬥力第一的管家娘子讓暴怒的郡主抓著衣領直接掄牆了三遍，鼻血長飆，臉都磨得不成樣子。

居然沒人覺得奇怪。她們都相信，兔子逼狠了都會咬人，何況是高貴冷豔（？）的郡主。

準人瑞很意外。

其實她一直在試探底線，和管家娘子的衝突不過是其中之一。她還遣人送問候信回娘家，完全沒有被刁難。她的命令也都被貫徹執行，想吃什麼、穿什麼、買什麼，沒有人敢打折扣。

連敢扣剋份例的管家娘子挨了揍，只又驚又怒的嚶嚶嚶就滾回去療傷了。

說得也是。就算是個肉山級的擺設，那也是穩穩坐在正室夫人的擺設，名義上還是宗婦呢。

許亦白是老來子。他的父母年紀都不小了，在郡主嫁過來後，五年間都過世了。他是有名的孝子……嗯，許亦白最早傳出來的名聲就是「孝賢」。

郡主剛嫁過來時，看過許亦白是如何「孝順」。許家父母都是無肉不歡的人，一開始郡主真是無處下箸，滿桌子連盤青菜都沒有，紅燒肉、大蹄膀不要命的上。

父母嗜酒，許亦白滿天下蒐羅美酒。諸般享受都供應到最好。

只是福薄，這樣大魚大肉、縱情聲色，沒幾年就相繼去世了。

沒想到除了胖死，還有種死法叫做被子孫孝順死。

許亦白真是個魔王級的畜生。連自己父母都下得了手呢……分析到最後都不得不佩服了。的確，父母年紀大了，萬一他好不容易當了官，結果關鍵時刻父母死了，可不就得丁憂三年。兩個老人就是六年了，該耽誤多少事啊。

還不如將他們孝順得上路了。先是許母死了，他在墳邊結廬三年，脫孝剛好考舉人。考到了就能送許父上天了，再結廬三年，之後年紀也二十許，考上進士正是出仕最好年華，還賺到一個天下至孝的美名，啥都不耽誤。

現在許亦白就在城郊外結廬守孝。雖然大綱有點語焉不詳，但是稍微推斷就明白了。名曰守孝，可不就是蒐羅亡命之徒、積蓄人脈最好的時機。應該就是這時候搞定一大票江湖中人吧。

準人瑞不禁為他鼓掌。反社會分子不可怕，可怕的是反社會分子雙商超標啊。很明顯的，他是王莽三倍速加強版。王莽篡漢前，明面上也是天下大賢，誰知道他以後會篡位，然後喪心病狂啊。

許亦白非常縝密細心，走的是「下好大一盤棋」的蛛網路線，環環相扣，無跡可循。

可準人瑞反而放心了。縝密是很好，但是太謹慎精緻的計謀卻有個不可克服的缺陷。任何不可預期的變因都容易導致某個環節失敗，一個環節失敗會引起骨牌效應。

重生的許亦白高瞻遠矚的謀劃好一切，但是他就算再重生一百遍也沒想到他牢牢控制在手裡的肉山郡主已經換了內容物。

花了一個月，準人瑞將無雙心法撿回約一成功力。她深深覺得，練武跟騎腳踏車一樣，一旦學會不管再怎麼改換環境，稍微練習就能撿回來。

這個月她並沒有下降多少體重。因為她只戒掉了點心和宵夜，三餐依舊正常飲食，保證一天攝足夠一千六百卡左右的卡路里。至於菜單……飽受節食虐待的二十一世紀女人，哪個不能背個大概？

郡主的胃早被撐脫了，即使保證營養均衡充分，準人瑞還是飽受飢餓之苦。但都還是可以忍受的範圍……什麼樣的痛苦沒有承受過，何況是非常熟悉的飢餓之苦。

無雙譜是頂尖武林祕笈，不是減肥瑜伽，她的目的也不是減重。自從能夠艱難的運轉一周天以後，漸入佳境，準人瑞終於擺脫了「侍兒扶起嬌無力」的窘境，往洪金寶老師路線大步邁進了。

最佳驗證就是能夠輕鬆的拎著管家娘子往牆上掄。

準人瑞大人滿意的顫著下巴肉點頭。其實沒有露餡危機的話，許府還真是個閉關的好地方。

可惜，許亦白很快就會注意到了。再者，她需要醫生。許府的大夫？真是呵呵。

她的中醫技能可能只有最低的F，但終究還是學了點好嗎？最少還能看個藥方好嗎？

我想減肥，結果你給我開增肥方。

真是謝謝你全家。

這個時候，許亦白還沒出仕，勢力尚在建立，和望舒郡主娘家實力相差非常懸殊。還不是仗著小姑娘愛他，他才能說什麼是什麼。準人瑞只想把他削成人彘，他可什麼都不是。

於是準人瑞氣定神閒的走過廣闊的許府，親自去馬廄等套車。郡主大人要回娘家探親。

車倒是給她套了，還是四人馬車。結果三個婢女加上肉山郡主，馬兒當場拉不動。

準人瑞冷笑。真是充滿許亦白風格的阻攔。

她面不改色的將三個婢女扔下車。再拉不動連馬帶人一起去挨棍子吧，養這些廢物做什麼？許府開銷還是那個傻郡主拿嫁妝出來填的。

這下馬車跑得超輕快的。

回到周相府，準人瑞被引到花廳喝茶。耐著性子等了半個時辰（一個小時），文儀公主依舊沒有蹤影。

……這是打算晾著自己女兒？

準人瑞只詫異了一秒，就氣定神閒的站起來，健步如飛的往郡主婚前的閨房走去。婢女根本趕不上，可見即使是肉山，敏捷點滿也是速度可觀。

她已經完全失去耐性了。

情況如此危急，隊友如此拖後腿。讓她先在後宅爭取勝利……比方說取悅公主娘之類，她實在不耐煩。

幸好她早就準備妥當，各種方案齊備。

文儀公主果然出現，眼底充滿無盡的厭惡和失望。像頭豬似的女兒，簡直是她人生最大的羞辱，恨不得從來沒有生過她。

「妳回來做什麼？」即使憤怒，公主的聲音依舊嬌柔，「出嫁從夫，好人家的女兒怎麼能夠動不動就回娘家……」

準人瑞直接打斷她，「除了回門，五年來是望舒郡主第一次回娘家。」她似笑非笑的看著文儀公主，「本座真是長見識了。原本以為凡人卑微，可為母者近乎聖……本座真是錯得離譜。」

公主變色，「不肖女妳在說什麼?!」

準人瑞大人一臉闌珊，「退下吧。」

「大膽！」公主勃然大怒。

整個房間突然，暗了。溫度陡降，森然寒冷，郡主眼縫裡精光一閃，冒出沖天殺氣，一揮袖，公主帶幾個婢女不由自主的摔出門外，房門自動摔上。

死寂片刻，「啊～～有妖怪!!」婢女架著腿軟的公主奔逃了。

裝逼中的郡主淡定的聽著聲音漸遠，才鬆懈下來，強忍住差點噴出來的一口血。

丹田內力一空，有點脫力。寒冰掌果然沒練到位，當初也只是在林大小姐的時候看過掌譜，印象有點模糊了，沒出岔子已經是萬幸。

是的，降溫什麼的，其實只是寒冰掌的內力運轉，公主和婢女離她又近。讓幾個身嬌體柔、連走路都是重勞動的閨閣女子用掌風颳出幾步，也不是太難……真正摔出去的是因為彈在她們腿上穴道的小石子。

神棍也是個技術活。

坐下來運轉心法，才把那股虛脫感漸漸轉沒了，內力慢慢豐盈。她還預備很多好料呢，結果她恢復精神了，應該打上門的卻沒打上門。

這讓準人瑞有些詫異。

她開門，結果守在門口的小廝齊齊腿軟，跪了一地，同時磕頭求饒。

……我還什麼事都沒做好嗎？

踏出一步，離她最近的直接暈過去。

除了無盡刪節號，真沒辦法代表她的心情。

她悶悶的縮回腿，關上門。郡主的閨房非常豪華，豪華到附帶茶水間。等待也是相當無聊，無聊到她開始紅泥小火爐的烹水泡茶。

等周相下朝知曉，匆匆趕來時，準人瑞大人正好在泡第二道茶。

她瞥了一眼周相，氣度儼然的讓人忘記她是墩肉山，「相爺，請坐。」

不愧是大夏首宰，非常沉穩的坐在她對面，看著她用粗胖如甜不辣的手指靈巧的泡功夫茶，並且飲了一口，「好茶。」

準人瑞微笑，五官幾乎都埋入肉裡，「是相爺愛孫女甚深，即使久不歸家，依舊備著好茶好水。」

周相手指微動。眼前這人，絕對不是他的孫女。不，應該說被什麼附身了。

「仙家何來？敝人孫女可安好？」他沉住氣。能泡這麼好的茶，談吐高雅，很有理智的異類，傻子才這個時候激怒她。高道或高僧都還沒來得及請好嗎？

準人瑞想給周相的鎮靜點三十二個贊。

「若不是本座降臨，望舒郡主早已身亡。」準人瑞沉聲道，「儀賓陰毒，難道娘家不管嗎？望舒郡主分明是疾病所致，居然放任自生自滅!!郡主雖已出嫁，依舊是周氏，並且是皇帝外孫女！宗室被傷，為臣者意欲袖手旁觀？」

周相眼中精光一閃。仔細打量孫女。「疾病？」

準人瑞飲了口茶，「周相可請御醫來訪。」然後取出一張藥方遞出去，「這就是許家的好大夫，開的好方子。」

周相掃了一眼，眉頭皺了起來。他雖然只算粗通醫理，但是健胃開脾的藥方還是看得懂的。

看我不黑死你。準人瑞淡淡的想。

最後雙方還是相談甚歡。到底年紀擺在那兒，雖然還是差了幾十年，終究還是年齡勉強相近。但是對周相這個「小弟弟」，若論政治，準人瑞會被他呼悠到死，可是論裝神弄鬼，是周相被準人瑞呼悠到死。

準人瑞自言為天道所派，俗家姓羅。因望舒郡主為氣運關鍵人物，又可憐她所遇非人，所以在她離魂的時候來頂替肉體生機。但是神仙附體，凡人身軀怎麼容納得下呢？不得不壓抑仙力，所以吧，只能颳颳風、揍個人、捏碎個小茶杯什麼的。

她當場將個小茶杯捏成八瓣。然後很遺憾還不適應，不然應該是粉末隨風而去。

周相立刻轉話題，討論龍氣與氣運的差別性和相輔相成的可能。

準人瑞也知道周相在變相的套話，應付起來不要太簡單。

最後欣然的接待高道若干，高僧若干。準人瑞取材甚廣，有段日子瘋魔的寫靈異小說，道教佛教的書看了一堆，疊起來起碼半人高。

用幾千年的底蘊欺負高道和高僧，簡直太無恥。

更無恥的是，論道時她感悟了「神威如獄」技能，天道居然默不作聲沒讓她七孔流血，結果就是釋放威壓壓迫眾生。

高僧還端得住，高道哭著喊著要跟她學道。

……我不需要好嗎？我比較需要的是醫生。

只能說，論畫虎蘭，準人瑞說她是第二，當代真沒人敢說自己是第一。在準人瑞「舌戰群道（僧）」的同時，周相也輪班兒將太醫署的御醫請了個遍。想來是跟皇帝報備過了吧，不然哪能使喚這些大牌御醫。準人瑞表示淡定。

讓她不淡定的是，中醫技能的貧弱，讓她痛悔林大小姐時代沒能綁架個神醫好好學習。

書到用時方恨少。準人瑞無比惆悵。明明每一世都念書念得要發瘋。

只是現代類的世界她還行，到了古代類世界，她就只能呵呵了。這不萬幸郡主是個女子？將來接了古代類男子的任務，她連無雙譜這王牌都沒戲了。

雖然沒有正式執照，她其實也可以算是個不錯的西醫了。

即使沒有各種醫療器材，她也用盡能用的手段大致的診療一番。主要病因還是內分泌失調，作息正常和規律運動能改善一部分，但要完全痊癒，其實中醫手段比西醫好。

郡主的體重會如此惡化，許府御用大夫開的增肥方當真功不可沒。

讓她頭痛的是，因為中醫技能不足，她不知道怎麼翻譯給御醫明白，何謂內分泌失調。

這個過程比裝逼壓迫高道、高僧艱辛百倍，溝通得她都想哭了。

有沒有溝通成功，其實她不清楚。但是她的確提供了清晰的思路。郡主雖然是一墩看似壯實的肉山，其實虧損的相當厲害。這點年紀已經有高血壓、糖尿病的隱患，還有詭異的營養失衡。

最後群醫會診，開出來的藥方居然主攻固本培元，藥方與針灸雙管齊下。這讓準人瑞有點意外。

不過御醫總不是水貨，而是齊聚在皇權之下天下最好的大夫。療程開始的確又胖了一點，之後卻逐步下降，讓準人瑞大開眼界。

沒有拉肚子，沒有狂長痘痘等減肥副作用，配合節制飲食和無雙譜，成果非常喜人。

她都恨不得立刻磕頭拜師……可惜還有個任務懸在腦袋上，只能扼腕。

許亦白直到三個月後才知道郡主回娘家……只怪大夏朝沒有手機，他人在千里之外的江南招兵買馬，訊息太遲緩了。等知道的時候雖然非常不悅，但是一時也走不脫身……再怪大夏朝沒有回城卷。

只能寫信回去給結廬的替身小心郡主來襲，然後納悶那墩肉山連走出院子都氣喘，是怎麼有力氣回娘家的？

還是……周相插手？難道周相察覺什麼？不可能。周相對他印象很好，反而對那女人越來越失望。

郡主越不堪，周相的態度才會越軟，越想補償什麼。他將人心掌握得再完美不過。真沒辦法的時候，安排個私通對象給郡主也是可以的。許亦白漠然的想。

但首先，得將她再次掌控住。這次可不能再讓她跑了。

大概是餵得太少。看起來得強灌蔗漿了。

心窩隱隱作痛。那個該死的女人。若不是她插了這一刀，明明皇帝就該駕崩了。

就是她橫插一手，前世的雄圖霸業才轉眼成空。

他策劃了一切，做到天衣無縫。卻敗在這個女人和虛偽的周家手裡！好好的從龍之功不拿，將來周家會有什麼好下場？讓人瞧不起的愚忠。

為了愚忠，周相騙他。為了愚忠，郡主居然也騙他。

沒想到皇帝會拿自己當餌，更沒想到跟他一起殺進宮裡的郡主趁他狂喜的那一刻，將刀插進他心窩。

都是騙子。

沒想到他授命於天，能夠有重來的機會吧？

這一世，他發誓要讓所有負過他的人都付出代價。

尤其是那女人，他絕對不會放過，一定要將她摧毀到底。

許亦白露出個冰冷的微笑。

等江南事了，許亦白匆匆回京，郡主已經在娘家住了半年多了。

他上門仔細觀察，倒沒有什麼不對頭的地方。此時他還沒有出仕，勢力還不足，費盡苦心才在周相府安插了耳目，可惜有點外圍。

郡主在娘家住這麼久，引起文儀公主極度厭惡。周相倒是一如往常的護短，他那沒個性的岳父依舊老好人。

望舒郡主一如往常般深居簡出，連院子門都不邁。只是聽說迷上了佛道，招了不少道士、和尚說法。

許亦白暗暗記了一筆。將來可以羅織郡主不守婦道，連私通對象都能省了安排。比較不尋常的是，郡主在尋醫問藥。許亦白沁了個了然的微笑。

這他早就算到了。他才不會直接下毒，這真是空留把柄的愚蠢手段。不說奇毒難尋，尋著了又怎麼有把握絕對不會被御醫看出來？要知道皇帝非常精明，早早的蒐羅好些擅長解毒的御醫，跟富有天下人才的皇帝拚醫毒實在太傻。

可見到望舒郡主，他幾乎忍不住噴發的怒氣。

雖然還是一墩肉山，但是體積也消滅太多！

準人瑞捕捉到一瞬即逝的怒氣，卻毫不在意。她更有興趣的是許亦白強悍有力的情緒控制力，和未免太帥的外表。

他長得有點像鄭少秋版本的楚留香。

但是更溫文儒雅，更親和一點。當他含情脈脈的看著郡主時，像是全天下他只看著妳一個人，被這種強烈的魅力籠罩，即使是快要活成人中妖精的準人瑞都恍惚了，差點他說什麼是什麼。

好在她很快就醒神過來，心中警報長鳴。

難道這是江湖傳說中的瑪麗蘇光環?!這威力趕得上催眠術了好嗎?!

立刻湧起了強烈的戒備，並且仔細端詳。其實把帥哥的五官獨立看一遍，就會發現同樣都是兩個眼睛、一個鼻子、一個嘴巴，魅力值起碼下降一半。

心中大定。也不過如此。

於是眼睛終於不在埋在肉縫裡的郡主看著帥氣儀賓，露出意味深長的一笑。

這是頭回面對「瑪麗蘇光環」這種不敗妖器呢，想想真有點小興奮。

可惜世事無常。

還沒有正式對抗到瑪麗蘇光環，準人瑞一個輕敵，釋放「神威如獄」威壓的時候，就直接撞上鐵板。

其實準人瑞也不相信用威壓就能打破瑪麗蘇光環這種不敗妖器，只是想壓迫眾生一下，增加「神仙附身」的可信性。

畢竟大夏朝普遍對神仙有極度的敬畏，能給魔王等級的畜生增加心理壓力，抗衡起來才更有勝算才是。

但是她漏算了一步。

能夠因為重生就將原版歷史遮蔽或覆蓋的人物，絕對不是那麼簡單的。

她對高道和高僧使用神威如獄，天道都默不作聲，但是對許亦白使用，她立刻就撞出鼻血，並且因為激烈的幻象轉換暈眩，撐沒幾秒就昏過去了。

莫非許亦白是天道私生子？昏過去之前，準人瑞非常不甘心的想。

再醒來是因為軟軟的貓掌在她臉上踩踏。

她頭暈得要命，並且有嚴重虛弱感。睜開眼睛看到的就是黑貓的大特寫，很想驚叫表達驚嚇，可惜她沒力氣。

「羅？羅！妳還好嗎羅？」巴掌大的黑貓悽楚的心電感應。

……其實有的時候準人瑞會覺得這是喵電感應，腦海不自覺的播放那首洗腦神曲。

黑貓的臉立刻黑了，「這是什麼鬼?!」

準人瑞默默的掐掉循環播放的BGM，「你怎麼回來了？你找到太子黨沒？」

「應該都還活著。」黑貓揮揮貓爪，「我還以為妳又撞上天道！生命訊號都變橘色了！」

……為什麼你要說「又」？

整理一下還在發散的思維，「我沒撞上天道？不然是撞到什麼鬼？許亦白是天道私生子？……」

黑貓大喝阻止她，「胡說八道！天道怎麼會有私生子？妳對天道多點尊敬行不行？」

……重點好像不是這個。

「許亦白是天道的……呃，怎麼說，劫？總之，他是天道的對立面。」黑貓一陣無力，「我麾下八百萬執行者，只有九個混蛋包括妳撞過天道，除了妳以外沒有人去撞天道的劫！我們已經乾脆的在做世界任務了，妳為什麼還要出各式各樣的新花招啊！太推陳出新，本座受不了啊！……」

準人瑞壓根沒理他。因為昏過去之前看到的「幻象」，在腦筋漸漸清醒後連貫起來了。

她這一撞看到了許亦白為什麼將郡主恨到骨子裡的「原版」。雖然只是很小的一部分，斷斷續續的，但的確出現在原本空白的檔案上。

「原版。」她沒管黑貓對打斷他的不滿，「你看檔案。」

黑貓一檢索，大驚失色，然後深思起來。不得不說，巴掌大的黑貓沉思看起來一點氣勢也沒有。

「我暈過去以後呢？」準人瑞問。

昏過去也沒止住鼻血，據黑貓說堪比命案現場，她和許亦白身上都是血跡斑斑。這簡直是炸彈，將周家炸得飛起。據說脾氣相當溫和的郡主爹頂著不可抗的男主光環，往許亦白臉上砸了兩拳。

的確是相當令人誤會。郡主和儀賓關門談談，不知道要怎麼談才能談得血流如注兼昏厥。看到的人十個裡有十一個會認定是家暴。

這時候的許亦白不過是個家世不如周家的小舉人，將郡主打成這樣那還得了。這時候瑪麗蘇光環發威了，居然能頂著重傷郡主的嫌疑，從周家全身而退。

郡主暈了一天一夜。

黑貓說得很簡略，明顯的心不在焉。準人瑞有種不妙的預感。

「那個，」黑貓遲疑，「撞了一次劫數就出了點原版內容……妳看要不要用妳那惹禍的技能多撞幾次？說不定能夠把原版撞全呢。知己知彼才能百戰百……」

準人瑞毅然決然打斷他，「滾出去。」

黑貓還想說服她，準人瑞拚了最後的力氣拎住他後頸，將他扔出窗外……然後就脫力癱倒了。

的確撞劫比撞天道的威力輕多了，只是鼻血不是七孔流血。但是多撞幾次？她終於明白這種虛脫感是啥了……原來是失血過度。

你確定郡主有那麼多血可以撞嗎？萬一拿捏不好，一撞血條清空怎麼辦？這麼餿的主意是哪兒冒出來的？難道縮小體積連腦漿都跟著縮水嗎？

黑貓也是一時衝動，不真的是腦漿縮水。被扔雖然很傷自尊，到底也沒跟準人瑞計較，爬回來訕訕的轉話題，「哈哈，開玩笑的。呃，我還得去找不靠譜太子二人組，妳一個人……行嗎？」

還想噴他一臉的準人瑞卡殼。誰准你用靴貓楚楚可憐臉無聲討饒的？犯規！

準人瑞有點困難的捂臉。這個時候，只能果斷遷怒了。

「行。當然行。」準人瑞猙獰一笑，「我想我之前想錯了。跟身為天道劫的許亦白纏鬥太蠢。現在的郡主，掐斷他運數才是王道。」

黑貓微不可察的抖了一下。

望舒郡主和許亦白和離了。

這消息讓京城譁然炸鍋。

望舒郡主有多想不開才跟白郎和離啊？說什麼六年無出，自請下堂？你信嗎？總之我是不信的。

譽滿大夏的許家白郎啊！用三萬最美好的形容詞堆砌猶嫌不足的白玉郎啊！完美無缺，芝蘭玉樹的白玉郎君！幾乎是大夏所有少女的夢中人！

她怎麼捨得呢？背後絕對有許多不得不說的故事吧？

於是產生無數版本的八卦。有郡主「自慚形穢」版，這個最多人支持，聽說是郡主得病，胖得不成人形，不想耽誤白玉郎才自請下堂。第二高的是白玉郎「移情別戀」版，入選的小三女主角那就多了，仔細盤點一下，才發現跟白玉郎有曖昧的女郎形形色色、品種齊全，上至宗室女，下至青樓豔妓，堪稱包羅萬象。

還有「棒打鴛鴦」版，「陰謀論」版……讓京城熱鬧了一、兩年，直到許亦白考上狀元還聲勢不衰。

準人瑞表示淡定。

其實你仔細想想，許亦白一開始是靠誰發跡的？不管是只有片段的原版前世，還是後面只有大綱的改版命書，他能在出仕短短十年位極人臣，還不是靠老婆和老婆娘家。

如果沒有望舒郡主，他馬的什麼都不是。

只不過是有點錢的世家子弟罷了。這世還提早把老爹給孝順死了，親族間毫無助力。

所以他恨望舒郡主恨得快出血，還是趕緊的趁郡主還年幼就娶進門。

與其跟這個思慮縝密還有重生優勢的變態纏鬥，還不如釜底抽薪，直接的把他的天梯抽了。

當中最難的當然是和離。但是記得嗎？為了簡單粗暴的解決拖後腿的隊友，準人瑞已經搶先當起神棍裝神仙了。

她也明白，連周相都只能唬個半信半疑，想完全唬過英明神武的皇帝幾乎是不可能的任務。但是她又不用當國師，也沒有傳教的打算，能讓皇帝聽她說話就可以了。

準人瑞的計畫雖然主打簡單粗暴路線，可一直都很有彈性的。

雖然皇帝看見她嘴角微微抽了抽，一臉不忍卒睹，聽她說明（捏造）來歷，眼神也充滿了「外孫女魔怔了當外公的要寬容」，可是她還是很有把握皇帝會如她所願。

因為她獻出的內功心法是全大夏獨一份。

當皇帝的都希望長生不老。這她實在是辦不到。但是去病延年，林家內功心法卻是辦得到的。不但如此，這份內功心法還能傳授給精銳，讓皇帝擁有一支最堅實的軍隊。

她甚至願意親自指點。哪怕軍隊在邊關。

本來有點敷衍的皇帝，在一百二十公斤的望舒郡主「飛」上屋頂（踩壞了兩塊琉璃瓦），眼神都變了。

只有神仙才能騰雲駕霧。雖然還不相信郡主是神仙附體，但是附體的最少是個修為很高的善鬼……能夠飛簷走壁啊！

在沒有內功的世界，整個武林都得給郡主跪了。

接下來「郡主和離」根本不算事兒。皇帝和準人瑞扯皮的是該不該全面保密，和該教誰、不該教誰，萬一流傳出去會不會有危害之類的。

對和離皇帝只問了句，「為什麼非和白玉郎和離不可？」

準人瑞沒有趁機告狀，只淡淡的說了句，「此子狼顧之相※。」從此絕口不提許亦白。

告狀的最高境界：腦補。再沒有比腦補更強的告狀。

※形容人謹慎多疑、心懷不軌。詳見google。

這招對皇帝特別有效。因此在未來對許亦白造成一萬點信任傷害。

許亦白想和離嗎？廢話他當然不想！

但是他反對有用嗎？那當然沒有用！

這時候的他還不是十年後那個後宮盈滿、滿地小弟納頭就拜，權勢滔天的許國公。現在他只是微有美名的許小舉人，事業剛起步呢，哪裡扛得住皇帝輕飄飄兩句勸解？

想穿一輩子小鞋麼？還想不想考進士了？

一條是不和離，那除了落草為寇，似乎跟逐鹿天下就搭不上邊了……那還要那墩肉山做什麼?!

痛苦了幾天，許家也死活不讓他入門，守門的小廝是男的，光環效應不佳，無法突破。皇帝又一直派人來催。

百般無奈，只好勸自己「小不忍則亂大謀」，忍住欲嘔的鮮血，咬牙簽了和離書。

他不甘願這幾年的謀劃成空。這不是皇帝逼著麼？和離還有復婚的可能呢。他就不信了，能勾引郡主一次，還不能勾引第二次了？這絕對是周相的陰謀！他絕對看出什麼了！

想像很美好，現實很骨感。自從將嫁妝搬走以後，郡主也銷聲匿跡了。

直到許亦白考上狀元，依舊追查不到，許狀元只能將牙齒咬出血來。

準人瑞壓根就沒理許亦白。連和離的事情都直接扔給皇帝，萬事不管，只嚴肅的篩選禁衛軍精英兩百，就帶人和一群御醫奔赴邊關，再從邊關精銳中再選兩百。

其實她也考慮過要不要趁機找人暗殺此時稚嫩的許亦白，只是很快就否決了。

天道若當有此劫，恐怕躲不掉，只能正面上了。在原版中，望舒郡主應該是氣運之女，代表天道滅了許亦白。只是倒楣到極點，某個小千世界爆炸，牽連此界動盪造成了不該存在的重生，此界天道劫了一次，還得再被劫一遍。

準人瑞猜想，所謂的「重生」，可能是一種不受控制的時光重溯。該被劫天道還是得被劫……

你可以逃，卻躲不了。

隱隱的，劫數可能還要配合時機。現在，時機未到。

就算是強行消滅了許亦白，但是該有的劫數還是存在。那可能會冒出趙亦白、錢亦白、孫亦白、李亦白等等各種亦白，還不知道會藏在什麼山邊海角，萬一真把天道劫了，事情就大鑊了。

許亦白挺好，就在眼皮下。時機一到，殺不了他也能將他揍得滿臉花開燦爛，再嚐嚐當豬餵的美好待遇。

……想像很美好，就怕事實很骨感。

準人瑞手握冒犯天道的自帶金手指「神威如獄」，這可是她曾經寫過的一個道士主角的氣場光環，震懾仙神妖魔不在話下，結果一個照面撞上天道之劫就把自己撞暈了。

可以說，天道打工仔（準人瑞）V.S.天道對立面之子（許亦白），第一回合連話都沒講就慘敗了。

想想許亦白有什麼吧。瑪麗蘇光環、主角光環，強大背景的後宮、本事高強納頭就拜的小弟群。可深情、可義氣，魅力滿點，思慮縝密……

最重要的是，人家政治玩得轉。

準人瑞都要嘆氣了。就算智商敵得過，政治就是她的死穴，分分鐘被坑死的命。

傻瓜才用自己的短處去撞人家的長處，準人瑞大人淡淡的想。

抽掉天梯不過是第一步。這導致許亦白想位極人臣的道路可曲折蜿蜒並且漫長的多了。

許亦白最大的敗點就是，成也重生，敗也重生。

他能夠機警的發現原本英明神武的太子更英明神武的超出上一世，搶先一步將他滅了，導致坑了「太子」執行者。

卻太瞧不起望舒郡主了。

即使前一世死在她的手下，依舊覺得只是僥倖吧。

沒事，準人瑞表示淡定。她會代表郡主讓他明白，花兒為什麼會這麼紅。

即使是皇帝密詔，其實這些人中龍鳳的精英根本沒把郡主放在眼底。

他們甚至嘲笑的替郡主取了個綽號，叫「饅頭郡主」。

現在體重降到一百公斤的郡主的確白胖的像個大饅頭，準人瑞並沒有發火。

她只是設了個擂台，十人一組讓她一個人打十個。分兩天打完還覺得筋骨才剛展開。

要知道有的饅頭是麵粉做的，有的是用剛玉刻的。

無數脫落的牙齒會告訴你，咬錯饅頭是會崩牙的。

準人瑞自覺很溫柔。大部分都只是脫臼和嚴重點的皮肉傷，幾天就能下床了。時間很緊，她不想耽誤操練。

但是鐵錚錚的精英眼神全都變了。再也沒有人敢說饅頭兩個字。即使她顫著肉練武看起來很好笑，也沒有個人敢哼出半聲，見到她自動矮了半截，個個成了繞指柔。

是啊，她是胖子。但卻是大夏最強的胖子！

若不是郡主大人漸漸的瘦下去，軍中已經隱隱有腰帶十圍的流行了。

準人瑞一直相信，知識就是力量。超越時代的知識更是強可敵國的力量。

但是她一個人要足以敵國的力量幹什麼？

在她看來，不管是名為「科技」的力量也好，「武學」也好，如果只掌握在一、二人手裡，跟廢物無異。

要能推廣出去，化為實用，那力量才有用處。

所以她說服皇帝，不要擁武自珍。早晚都會流傳出去，不如大方點，直接掌握核心。瞧瞧吧，天下的讀書人讀的書都差不多，即使生存條件一樣，有人一輩子連童生都考不過，卻有人一出手就是狀元。

還不如傳播天下，有能者自然脫穎而出，傑出人才還不是歸於皇權之下。

皇帝讓她說服了一半。他想把過程拖長點，先擁有一批傑出武力的軍隊再說，先行保密。

準人瑞欣然允諾。她知道自己是對的，但是也得考慮一下當代的思想潮流對不？皇帝的想法已經很超時代了。

當然，說不定皇帝對內功心法信心不太足夠。

事實勝於雄辯。

她對這四百子弟兵也充滿熱情，這可是將來發揚武學的重要種子。

準人瑞在邊關待了六年。收穫無疑是巨大的。

有人認為武功越早學越好，這對也不對。打熬筋骨當然是六、七歲開始最好，內功卻不然。

內功心法牽涉到方方面面，可以說任何年紀都能夠學，但學到什麼程度和天賦比較有關係。

等祕密來驗收的欽差都被嚇到了。

郡主到底教出怎麼樣全才的弟子兵?!堪稱文武雙全，連醫術都懂一點，這樣的兵居然有四百個……四百個猛將！

這是怎樣的概念？

「沒那麼誇張。」郡主很淡定，「認識幾個字，四則運算還可以，一大半童生都考不上。醫術更是笑話，能讓他們記住穴道就不知道打斷幾百把軍棍了。」

眼神有些嫌棄，「武功吧，也就馬馬虎虎。我實在手太鬆，沒捨得下重手……教不嚴，師之惰啊。」

挨了六年暴揍的四百精英眼眶都溼潤了。

這六年黑貓來探望過她，閒聊過幾句。

他一直很好奇為什麼只教基礎心法，直接教無雙譜就好了。在黑貓眼中，無雙譜也沒什麼。

其實準人瑞也掂量過。

一來是沒有時間。這還是個男尊女卑的古代王朝架空，要湊滿幾百個女人不難，難的是怎麼把這些嬌滴滴手無縛雞之力的女人調教成女漢子。然後學會無雙譜以後，這些女人怎麼不受男尊女卑法則控制，之後怎麼適應社會。

她答應黑貓不再開世界任務了。十年也不夠她完成女權運動。

再者是不想造孽。畢竟這和中國古代是有差別的，也跟林大小姐的世界大不相同。那兒多的是自宮求進宮的人，大夏的太監數量相對很少，都是窮到沒辦法，自賣入宮的成年人，小孩子是不收的。

教無雙譜倒不難，內宮的確有一批打熬過筋骨的太監。但是她從來不敢將人性估得太高貴。大夏這種自願的太監制她還勉強能忍受，萬一嚐到無雙譜的甜頭……皇帝為了擴大規模，開始強徵呢？

這任皇帝不會，那下任呢？

這太造孽了。她還想看看能不能有點功勞的時候，勸皇帝廢除太監制呢。瞧瞧別的世家豪族，人家內外有別，也沒有因為怕戴綠帽就把小廝、管家全閹了呀。

在禮教分明的朝代，要防的永遠不是下人好吧？

咳，離題了。

總之，再三考慮後，她還是決定教導林家內功心法。這的確很基礎，練到頂也不能有什麼突破。但是基礎代表的就是容易學、好入門。

遊牧民族的體能原本就比農耕民族強悍許多，這也是大夏國力如此強悍，邊關卻常常慘勝的緣故。

以後就不會了。練了內功起碼可以將體能差距拉近，想搶完糧食、女人，還壓人打可不是那麼容易了。

準人瑞才不管什麼文化差異，搶劫抵觸她的三觀，她就是不爽。

雖然她讓四百精英上陣實習只是為了砥礪，但順便打打搶劫殺人犯也沒什麼。

她最悶的就是礙於「不可殺人」這條鐵則，沒辦法身先士卒。但是她的子弟兵真的也沒膽讓她上戰場。

別開玩笑了，雖然知道她強到爆裂，但她誰？她是郡主，宗室，皇帝最疼愛的外孫女！她擦破一塊皮，全體一起抹脖子吧。

再說，郡主自己都淡淡的說過，她沒有殺過人。身為她的弟子、麾下，難道無能到必須讓細皮嫩肉的師父郡主上場？那要他們這些大老爺們幹什麼？

這個結果雖然應該，但是讓準人瑞很悶。因為她雖然有點不爽，更多的卻是慶幸。這種心情太討厭，她帶一群子弟上戰場，結果縮在最後面什麼都辦不到，她私心還慶幸雙手不用染血。

不在沉默中變態，就在沉默中爆發。

準人瑞大人爆發了。

原以為在殷樂陽時代學的東西用不著，沒想到有回她為了發洩怒氣搶過鼓棒擂戰鼓，結果讓子弟兵磕了藥似的，凶性大發，追得敵方丟兵棄甲，潰逃幾十里，把她都驚呆了。

雖然沒有殷樂陽那種音樂統治力，但準人瑞大人發現自己有相當的音樂煽動力。真是意外收穫。

另一個令人驚喜的收穫就是，跟她到邊關幫助她減重的御醫們，憑藉著邊疆蘿蔔白菜價的珍稀藥材，有了突破性的進展。

其實中醫對調和體質比西醫真強多了。元氣這概念聽起來很玄，照準人瑞的理解，勉強可以解釋成生機。西醫只是拆成很多部分試圖解釋，比方免疫力內分泌等等……但是光解釋其實沒什麼不帶副作用的進展。

但是中西相互借鏡，還真讓準人瑞跟御醫們搗鼓出些能夠溫養元氣的藥方。

這藥方某種程度可以加強內力累積和運轉，沒有內力的人也能因此去病延年。而且沒有珍稀到例如東海龍王角這類天方夜譚，最貴的不過是人蔘，而且不怎麼要求年份。皆大歡喜。

皇帝可以健康的多活幾年，於公於私都是大好事。也把四百精英餵到想吐，不然內功怎麼可能六年有成。

她打造了全大夏最精銳的小隊。

可這些都不是最大的收穫。

真正的大收穫是，郡主大人她……六年有餘狂甩了一百二十公斤，現在只有六十公斤了！

終於可以靈活的扶額，再也不會感到絲毫困難了！現在也有脖子了，眼睛想睜多大有多大！

雖然沒有恢復婀娜多姿、嬌豔欲滴的少女時代……好歹也是個好看的小胖子。

身高一百五的她，體重六十，骨架又小，其實還是有點兒肥。

但是準人瑞會在意嗎？別鬧了。

她對雞皮鶴髮的百歲容貌都不在意了，那時皺紋可夾得死蒼蠅。就算是墩肉山，她也只抱怨行動不便，一成了靈活的胖子她就完全忘記這回事了。

體重會狂降，當然是把內分泌嚴重失調和營養失衡徹底解決了，病灶一去，正常作息和節制的飲食，加上練武不輟和狂揍魔下（？），一切都是水到渠成的事兒。

果然是病態，第一時間就該找醫生的，準人瑞對自己點頭。

當然她知道，若是再降十公斤會好看很多。她也知道只要肯將自己餓得夠嗆，十公斤不在話下。

但是她不想。

郡主被人為瘋狂增胖已經大傷元氣了，虧損好不容易才補上。現在就是她最適合的體重，就為了那十公斤的美觀，讓她再去傷郡主的身體？準人瑞自認腦子有點變態卻沒有病。

憑什麼？誰敢要求郡主為他苗條？誰配？更不要對準人瑞有這種不切實際的幻想，三千世界還沒誰有這資格可以置喙。

所以準人瑞傲慢的挺著有點水桶的腰，騎馬回京了。

她相信自己已經將一切都佈局好，並且將自己負責的部分做到最佳。

只有一件事情讓她和黑貓都束手無策。

在左心房涵養的郡主魂魄一直在沉眠。她雖然也瘦了下來，而且是她十五歲時嬌豔欲滴的模樣。

但是她被削掉的四肢一直沒有長出來。

這讓這七年恢復到林大小姐時代七成功力的準人瑞很焦慮，而且有種不大妙的預感。

壓抑對郡主的隱憂，準人瑞淡定的先覲見皇帝。

皇帝外公不肯讓她行國禮，準人瑞還是行了家禮。

在神棍光環下，皇帝反正是信了。不然還真沒辦法解釋這個郡主外孫女為什麼身心大變樣，並且突然成了英明神武的女教官，甚至通曉善武延年之術。

……陛下您真的只是被呼悠了。

其實準人瑞明白，皇帝並沒真的當她是神仙……大約就是小有修行沒惡意的善鬼精怪之類吧。而且她的身分極好，皇帝的外孫女，連想當女皇都隔好幾輩，怎麼輪都輪不到，屬於好用又沒副作用那種。

跟她看過的眾多神怪古典小說合上了。準人瑞暗暗的點頭。每次看到穿越女主角都害怕身分拆穿會被燒死，她就一陣無言。

古人比妳想像的人道多了好嗎？兒女鬼上身、被精怪纏，傷心欲絕的父母第一件事情是去找高道、高僧，而不是燒孩子。就算是鬼怪上身，只要能表達明白持善意，通常都是尊稱仙家供起來，也不是第一時間燒孩子。

最有名的就是狐仙信仰，也沒見誰跑去燒大神。

像她現在這種情形，就算不是正統神仙也是仙家了。

這也是為什麼她一直很克制的緣故。甚至她也不曾多說許亦白的壞話。

皇帝會喜歡一個清高、純粹，為君為國當教官的「仙家」，卻不會喜歡一個擁有情報部門，凡事都要插手，並且不斷妖言惑眾的「妖怪」。

政治和情報等等，一來她不擅長，二來沒人脈，絕對幹不好，何必拿自己的短處反而事倍功半？

再者，她根本沒有證據證明許亦白將來會篡位，並且成為暴君。

但是也不能說她完全沒有作用。

跟許亦白和離後，沒有周家護航，他的仕途果然再也不能搭火箭了。照改編版來說，他應該受皇帝信任，並且官居二品，在兵部當副手。可現在皇帝待他一般，還是五品京兆尹。

雖說六年就升到五品已經是非常快的速度，但是相較改編版那就是蝸速了。

準人瑞在這個時候回京，就是要卡掉許亦白的一個機會。他後來封國公的機會。雖然還有許多細節依舊在迷霧中，但是準人瑞還是在這幾年捕捉到一點。許亦白會封國公是因為雲南平叛、大敗倭國等戰功。而他會展現打仗的才華，就是因為被皇帝派去監軍，陣前大將軍莫名暴斃，他臨危授命。

就是因軍功所以封國公。也是趁轉戰各地時，讓他把小弟們塞進軍中，並且收更多更有力的後宮和小弟，打下未來篡位的基礎。

難道我會給他這機會嗎？準人瑞淡淡的想。那是沒有可能的事情。

雖然不知道為什麼，但是她曾經寫過的情節，就是莫名的特別行。像是在邊關當教官，總有奇怪的熟悉感，做起來特別順暢。

她並不覺得自己是個將軍的料，但是她辛苦教育這麼多學生，總不是擺著好看的。需要的，只是先搶了這個監軍的機會，然後知人善任就可以了。

相信誰來幹這個監軍都不會比她好。她不但不會搶功，還不會外行領導內行呢。

她最行的是畫虎蘭。要畫到皇帝讓她當監軍，那就太容易了。

果然，雖然有點波折，她還是搶下了監軍的職位……許亦白氣得眼睛都藍了。準人瑞啼笑皆非，一個京兆尹居然妄想當監軍。改編版裡許亦白是皇帝外孫婿、心腹，並且在兵部位高權重，這才輪得到他。

現在他是誰呀？

郡主好歹是最受皇帝信賴的外孫女，還有個隱藏職業叫做「仙家」，並且在邊關吃了六年風砂。

出乎滿朝文武意料之外的，郡主居然幹得很不錯。雖然沒混成將軍，但是在哪監軍都能轉危為安，很有點吉祥物的味道，混了三年有了「第一監軍」的綽號。

隨大軍凱旋時，還是有點胖的郡主也是滿城被歡呼。

所以有一定成就的時候，胖不胖根本不是問題嘛。

許亦白依舊被綁在京城當京兆尹，不得寸進。

時機應該快到了。準人瑞愉快的想。到時候將被困在京城的許亦白打斷一條腿，斷了他的仕途也就差不多了。

等剝了他的官皮再去好好折騰他。就這麼決定了。

……當然事情不是憨人想的那麼簡單。

剛從倭國搭船回來，在天津港修整的時候，當地知府洗塵，邀滿了主副將連同監軍十餘人赴宴。

酒酣耳熱之際，主將被執壺小婢刺殺。

要不是準人瑞武藝超群，大概也被刺了。急切間，她將另一個偽裝的舞姬直接掄在牆上。事實上應該沒人能接下她一招半式才對。

但是她沒能救到同僚，反而是被四個學生圍攻。

她的心沉到底了。

結果因為反叛學生的糾纏，眼睜睜看著除了她以外的主副將被殺了大半。

並肩作戰這麼多年，朝夕相處的同僚。當中還有她的學生，反叛者的同學。

被費盡心血苦心的學生反噬，那種極度失望導致的強烈憤怒，瘋狂的勾起她的心火。

若不是其他學生來援得快，她應該親手殺了反叛者沾染人命，然後被天道毀滅了。

那四個學生也就剩下一口氣，運氣好的還剩下一隻完好的手。

她的眼神非常暴虐、危險。若不是匆匆趕來的黑貓差點把她的小腿咬爛，可能會完全失去理智。

造成這麼惡性的刺殺事件，需要的只是勾結一個知府，江湖招幾個專業的刺客就行了，意外的簡單。

喔，對了，威脅利誘四個精英學生，就認為能夠殺死「武藝雖好卻缺乏殺人經驗」的郡主。

懶得跟他們廢話，刺殺事件哪有不死人的，知府和刺客都在格鬥中梟首了。只是死得挺整齊的，一起跪在院子裡，綁著繩子身首異處。

準人瑞大人面無表情的看著她親手教出來又背叛的四個學生。她甚至慷慨的浪費四顆培元丹保住他們的命。

「我不要聽你們的解釋。」準人瑞冷笑一聲，「我知道，你們一定會說，你們有苦衷。大概就是家人或戀人被控制之類，很不得已。」

「別傻了！」她舌綻春雷，那一聲暴喝像是在每個人的腦中炸開，整個屋子瑟瑟作響。「你們根本就是欺負我。覺得寧願得罪君子，因為這樣可能有活路，得罪小人沒有活路。其實你們暗暗竊喜吧，這是多好的理由！」

「若是成功刺殺我，那就領一份從龍之功了……可惜你們的同學太警覺，來得太快。若是刺殺失敗，也可以說你們的不得已，照我這麼『心軟』，最少還能留得一命……對吧？」

明明可以跟我商量，九年朝夕相處原來什麼都不是。很好，非常好。

「拖下去片了。」準人瑞大人的語氣轉柔和，「我還沒見過人凌遲呢。」

她親眼看著自己的學生被切得雞零狗碎，在他們漫長的慘呼饒聲中，若無其事的處理軍務，聽取口供。

剛立沒兩年的新太子反了。照口供來看，應該是逼宮了。

她終究還是小看了許亦白。

京兆尹官是很小，但負責京城的治安。再勾結個京城兵馬司，然後新太子將近四十，沉妃和他都等得不耐煩了。

這是次斬首行動。直接劍指皇帝。

若是不夠快狠準，大約會功敗垂成。

不過，應該來得及吧。要不她幹嘛特別訓練兩百禁衛軍，六年後又通通送回宮中呢。

原本就是最後的保險。沒想到居然用上了。

終究還是有種種不足。經驗不夠，顧慮太多，格局太小。

準人瑞難得的沮喪起來。

結果準人瑞沒沮喪太久……而是當頭一個焦雷。

宮變失敗了。

說起來新太子不是草包，居然能在皇帝眼皮下準備多年，底蘊深厚，許亦白也狡詐多智，思慮縝密。

加上皇帝寵妃沉妃裡應外合，皇帝差點被果決的梟首……畢竟偽造的遺詔早就準備好，禁衛軍也被控制大半。

夠果斷，很多政變就是在那兒磨磨唧唧半天想占個大義名分，結果真的和皇位永別，順便把性命丟了。

結果許亦白把什麼都算好了，卻沒算到皇帝會敏捷的空手入白刃。

當場所有人都傻了。為了保密，在場只有沉妃、新太子、許亦白和皇帝四個人。弱不禁風的沉妃不要提了，新太子的武藝只夠打小孩，許亦白是弒君三人組裡最高的……但是他居然打不過快六十歲、緊張過度的皇帝。

機不可失，時不再來。

雖然造成了很大的混亂，反叛的禁衛軍差點攻破皇帝寢宮……終究是皇帝帶著兩百精英郡主子弟硬頂反殺，迫使許亦白裹挾新太子跑了，宮變失敗。

皇帝受的傷只有不小心將腰給扭了。

雖說因為新太子勾結了西大營，許亦白密謀了京城兵馬司，曾經短暫的控制了京城，卻讓機警的周相橫插一手，陰錯陽差的解除警報。

周相設計生擒了許亦白。新太子流箭而亡。

跟隨大軍疾行回京面聖，騎在馬上的準人瑞一直呈現魂在天上飛的狀態。

她以為她失敗定了。

原以為可以堂堂皇皇的將許亦白壓制到底，在時機成熟時給予他應該的報復……但事態還是走回老路，他終究還是反了……哪怕是托蔭在新太子之下，但這人弒父都沒問題，何況弒君呢？

終究還是會終結這個王朝，終究還是會成為前無古人、後無來者的暴君，帶來無數殺戮和血腥，終究會在遙遠的未來滅世。

向來傲慢唯我獨尊的準人瑞對自己產生了嚴重的懷疑。

是不是她太缺乏勇氣，太沒有決斷？她是不是應該在第一時間就設計讓人弄死許亦白？她發現，天道似乎只要求執行者自己不動手。

我是不是錯了？因為生於和平、長於和平，所以我很抗拒殺人這件事？結果放過一個未來的暴君，我是否該為亂世無辜的性命和未來毀滅的事情負責？

在沒有「前情提要」的迷霧中，得知宮變的那一刻，她真的茫然了。

誰知道事態會大反轉。

她根本沒想到只靠「函授」的皇帝居然一直堅持鍛鍊，這事實讓她嘴角忍不住抽了抽。

九年來，準人瑞幾乎都不在京城，只商議和離時在宮裡待了半個月，傳了皇帝內功心法。

的確，皇帝根骨清奇……但他都快五十了好嗎？只是當神棍要敬業，所以她真的盡心盡力、一點水都沒摻的教授心法。雖說「以武入道」是呼悠，但是能健身延年絕對不是呼悠。

之後都是皇帝派人來當面請教疑問，順便動手講解，算是很另類的函授。

後來兩百禁衛軍子弟兵回到皇帝身邊，皇帝派人求函授就比較少了，問的問題也就比較深。

但準人瑞真沒想到他會真的一日日的堅持不懈，甚至有所成就……都能空手入白刃，順便把亂臣賊子打跑了！

為了長生，皇帝也真是拚了啊……

她更沒想到的是，在周相那兒順手給許亦白點的眼藥居然有效……應該說，連郡主爹都有效。

許亦白流露的蛛絲馬跡是郡主爹佈下的線人發現的。這些年一直很不甘願的郡主爹一直都盯著許亦白不放。

周相也一直對他心懷疑慮。

……其實這些都不在計畫內，頂多是下意識、很職業病的「伏筆」。

她終究還只是一個作家而已。準人瑞恍然大悟。

明明把大綱寫好了，但是常常故事就是不照主線走。能夠駕馭住劇情不暴衝，往往就是那些無意中埋下的伏筆，一點一點的導向正軌。

看似無意的伏筆，一半是天賦般的直覺，另一半是深思熟慮後，表意識不知覺，潛意識卻明白的。

是的。從過去到現在，是寫作還是任務世界，她都不願意控制誰。

她都只是觀看、沉浸、理解。情緒浸染得再厲害、再暴躁、再激昂，其實她還是有一部分置身事外。

因為不管是自己寫的故事，還是任務世界，她都只是，過客。

但這樣很好。

她終究還是個頑固的老太太，不肯成為別人。因為她無法放棄自我，無法放棄她信奉的生物兩大原則：維護種族延續和自我生存。

可以死，可以魂飛魄散，但是不能失去自我。

這瞬間，準人瑞豁然開朗。

在沒有前期提要，沒有上帝視角的狀態下，深思熟慮後的決定，她堅信自己已經做到最好。

她的脾氣很壞，暴怒的時候甚至會失去理智。所以她更願意接受天道的規則。現在她終於有點明白，天道為何做出這樣幾乎不可理喻的限制。

因為在超前武力和知識，甚至可能有各種金手指的執行者面前，任何世界的居民都脆弱得不堪一擊。

「對的。」黑貓不知道什麼時候冒出來，趴在馬腦袋上一顛一顛，「妳不知道天道幾時要用到這個人……萬一需要用的時候死了呢？就算斷手斷腳，甚至成了植物人，只要還有口氣在，天道需要他填哪個位置，他就會得到適當的機緣復原。」

「執行者的任務從來不是拯救世界，只需要活過死劫就行了。」巴掌大的黑貓嘆氣，「羅，放輕鬆點。現在的妳，十個大魔王捆在一起也不夠妳一手打的……一點都不用擔心死劫問題。」

……把我小腿咬爛，然後逃之夭夭，現在居然裝著一副若無其事還未經允許讀心？

準人瑞將黑貓從馬腦袋上拔下來，往後一丟，平靜的絕塵而去。

甫回京就聽聞許亦白從法場被劫走，準人瑞一點都不意外。

這是標準爽文男主角配備，就算輸到一敗塗地，永遠有矢志不渝的女主角和死心塌地的小弟拋頭顱、撒熱血的來救援。必定的傷亡通常是為了激勵男主角，順便可以換批女主角。

所以再荒謬她都能接受，比方說新太子造反準備殺老爹，都被說成皇帝忌憚新太子太能幹，殘暴的把自己兒子殺了，然後太子舊臣要推翻暴政。

這話不但有人信了，新太子妃帶著幼子投奔許亦白，他笑納了新太子的財富、勢力、軍隊，只需要立一個傀儡幼主……說不定連新太子妃都笑納到床上去了。

這些套路都沒辦法讓她心湖起一絲波瀾。真正讓她差點被擊倒的是，沉寂九年的郡主魂魄，在她左心房掀起狂風暴雨。

準人瑞必須捂著心才能勉強壓抑。

依舊沒有四肢，變得更憔悴的郡主魂魄，驚恐又無比憤怒的咆哮哀鳴。

其實準人瑞一直有種不好的預感，所以她對郡主的一鳴驚人並沒有使性子。

準人瑞唯一附帶的內建金手指叫做「健康」。但是這幾年她真的健康得太過頭。

想想那墩幾乎行動困難的肉山沒多久就能健步如飛吧，那完全是奇蹟。

她的武功進度先緩後快，到最近這三年根本就跟火箭沒兩樣。準人瑞不但恢復了原本林大小姐時代的水準，而且還遠超。

目前約林大小姐的150%。

雖然這幾個任務她都練武不輟，並且在武學上有特別的感悟……但也不可能達到這樣的高度。

她試圖安撫郡主，但是只能減緩郡主的狂躁，卻沒辦法緩解她的痛苦。

……或許天道還會對我睜隻眼閉隻眼？準人瑞不大有底氣，但是郡主明顯還有點神智不清，語言也非常破碎。

所以她冒險用靈光一閃浮現的「同心咒」。這是她寫過的一個技能，額頭對額頭能夠直接意識交流，比心電感應還強悍，彼此都不會有任何祕密。

準人瑞沒有撞上天道的邊角，果然是天道有意放水。但準人瑞還是表情冰封的強忍住淚水。

郡主的下場非常淒慘。她吃盡了酷刑才痛苦不堪的死亡，但是死去卻不是最糟糕的，更糟的是她的魂魄被抽出來，封入一顆紅寶石裡，鑲在許亦白的劍柄上。

每次那魔王揮劍殺人時，郡主的魂魄都得直面被害人的驚懼和極致痛苦，每一次都引起她無能為力的慘叫。

如果她麻木了或變得凶戾殘忍或許會比較好，但是一直到紅寶石破碎前，她的心性都沒有動搖，但是深入靈魂的痛苦完全演繹了何謂痛不欲生。

那魔鬼一直以她的痛苦為樂，甚至將前世的片段一點一點的告訴她，襯得今世更愚蠢不堪。但是給她的前世碎片又是顛倒錯置的，沒能動搖她的心性，卻將她的神智徹底混亂了。

許亦白稱帝晚年，才在一次尋常的屠城將封住她的紅寶石不慎砸碎了。她的殘魂得以逃脫，卻不是自由後立刻為鬼為厲，而是發出真正驚天的喊叫，狂氣直衝九宵的讓人不能忽視。

快來人，誰都可以，快快阻止這個惡魔。

可以說，若不是她被折磨幾十年都沒有動搖的心性太強悍，說不定到現在大千管理者和監視者都不會發現這個世界的異常……畢竟連「前世」的記錄都被湮滅。

但是大千管理者對她還是很殘忍。第一時間選擇的還是相較更有影響力的「太子」。若不是「太子」被許亦白用不知名的方式弄死了，根本輪不到準人瑞來為她作主。

只要想到郡主並不知道還有原版和改版兩種版本，她甚至不知道重生是什麼意思。她一個人孤獨的面對破碎錯亂的原版記憶，和改版後生死都無比淒涼的記憶……她該有多無助、多惶恐和嚐盡多少痛苦。

準人瑞拼湊著原版的記憶，被勾動的心火爆燃，只是火焰是冰冷的藍色。

她覺得自己很冷靜。就算是怒火幾乎將五臟六腑點燃了，依舊非常冷靜。

原版真心像是女主文，郡主是當之無愧的女主角。

她十五歲時有奇遇，被一個類似鬼谷子那樣的妖孽高人收為關門弟子。以匡扶王道為職志，二十歲時才下山返家。

她的婚事是皇帝作主的，嫁給皇帝非常欣賞的新科狀元許亦白，那時她年紀都二十三了。

驚世絕豔又世事練達，這樣的郡主還是在許亦白封國公後才發現枕邊人大奸似忠。最後能設套將許亦白直接坑死，可見她還是難得的有智慧、有實力的氣運之女。

但是她於國盡忠、於家（宗室）盡孝，還是因為親手弒夫差點被人言逼死。原本能私下參議國事的郡主被迫隱居，沒出家還是皇帝力阻。

最終國家有難時，她又被請出山，直奔邊關，智謀決戰千里之外，屢破邊虜。雖然她沒當過一天將軍，卻一直是以宗室名分為邊關「參贊」，在沒有花木蘭的年代，以女子之身成為萬軍軍師。

不曾再嫁的望舒郡主戲言，「微臣早已嫁與邊關。」這話卻留在青史之上。

這樣波瀾壯闊、蕩氣迴腸的原版人生，更將改版後的卑微淒慘襯得讓人不忍卒睹。

原來如此。難怪重生的許亦白想方設法，早早的將十五歲未滿的郡主娶回家……就是要斷了給高人為徒的機緣，還得費心像是養寵物豬似的將她養廢。

因為在原版裡同樣氣運沖天的大魔王，根本不是完熟版郡主的對手。

然後，準人瑞知道了許亦白最大的祕密。

將原版記憶整理好又回饋給郡主魂魄，她平靜了下來，憔悴的臉孔浮出一絲微笑。

「所以，雖然腦筋不清楚……我還是對了，是嗎？」

「……妳不用如此的。」準人瑞溫柔的說。

「要的。」郡主臉上滾下兩行驚懼的淚，「姓許的根本不是人。」

準人瑞發現，有時候怒火狂燃到一定程度，火不但發藍，還會轉青，並且越來越冷靜。

「不管他是不是東西，」準人瑞淡淡的說，「我答應妳，我會讓他明白，重生不過是再死一次而已，而且死得特別痛苦、特別慘。我保證，他不但不再有重生的機會，甚至不會有投胎的機會。」

因為同心咒的關係，準人瑞感覺到郡主雖然感激，卻不怎麼相信。沒事。

郡主都把自己的轉生路堵死了——她不但拒絕被涵養，在靈魂狂亂緘默時，還是下意識的燃燒魂魄反涵養了這具身體。

準人瑞都不知道該用什麼來彌補她的殘魂……她的求生意志空前絕後的低。那麼郡主狂亂的祈禱，必定會得到回應。

來，祖媽帶妳殺魔王。運氣好搞不好能得到海量經驗值。如果經驗值不夠或不計數，砍魔王四肢糊也給妳糊出來。

我最喜歡訴求清楚的心願了。準人瑞淡淡的想。

知曉前因後果，補足了原版資料，準人瑞第一時間就單槍匹馬的出京，連監軍的辭表都是拜託周相轉呈給皇帝的。

當然她不是要一個人去單挑四萬叛軍，好歹皇帝也派了宿將去征討叛軍了，追上王師就行了。

趕緊趕慢的還是沒趕上，許亦白親自披掛上陣，已經連破三城。

之前原版被遮蓋，改版只有大綱時，她就覺得奇怪。許亦白雖然很有野心也夠狡詐，但是為什麼會突然反社會起來，成為屍山血骨的暴君，一路砍人砍到八十八毫髮無損的壽終正寢。

連快花甲的皇帝都打不過，告訴我功夫好？先不論那個，就算突然精神分裂也有個過程，要怎樣突然把暴力催到最高點？

別告訴我，他之前都把天賦點積下來，需要暴力了，才一口氣點完。這根本就是連鬼都會說鬼扯。

郡主是不懂他是怎麼回事，因為當代傳奇本子太少，腦洞沒得到適當開發。

而準人瑞一聽就懂了。因為她不但看過無數荒誕離奇的小說，還是幫人開發腦洞的老作家。

她到姚城附近，正好追上許亦白親自攻城。

他正攆著一大群難民當先鋒，像是牧羊犬似的掠殺難民的尾巴。活的哀求開城門，並且驚恐無比的衝擊城門。死的剛好給守軍壓力，不是鄉親就是父老，甚至有守軍的親朋好友。

追擊到此的王師傻眼，躊躇起來。

「別傻了。」準人瑞冷喝，「不管開不開城門，結果都是屠城。殺不殺難民，結果都沒兩樣。前進可能死，後退是必死無疑。要上是最好的，攻其側翼。」

她的神情淡漠冰冷，原本有些燥熱的初秋之風都為之一寒，似乎連豔陽都失去些溫度，「不管你們上不上，反正我是要上的。」

於是他們看到頗有些神祕，腰肢有些粗壯的郡主，一騎絕塵，如龍奔雷，如虎怒風，直撲叛軍大陣而去，噹噹噹噹一串金石交鳴，燦出如星火花，將雙手劍使成單手劍，立刻掃開了一大片空地，膽敢入侵劍圍內等墜馬吧。

準人瑞立刻一聲清嘯，如龍吟般震撼整個戰場，悠遠而驕矜，盡顯宗室霸道的王者之氣。

宗室女當有此尊貴自矜。望舒郡主，不管原版、改版，完全當得起這份霸王氣。

遙遙的，將許亦白的目光吸引過來，讓他終於停下了殺戮的屠刀。

準人瑞冰冷的臉，慢慢沁起一絲危險的笑意。豎起大拇指，緩慢的在咽喉上橫過。

割喉的手勢，蠢蛋會懂嗎？怕他不懂，準人瑞大人將那把立起來直到心口的大劍筆直的朝他一指。

怕還是太含蓄，她運足內力如鐘鳴響，震得不分敵我耳際一片頭暈目眩的嗡嗡然，「我的長劍早已經饑渴難耐!!」

……難得可以中二一把。之前她看這台詞有多無言，現在許亦白就有多鬱悶。

沒辦法，大夏朝還流行叫陣。不先喊聲好像軍威就不壯，不夠光明正大似的。

其實這句實在太好回罵了，尤其郡主還是個女的。可許亦白才張口，從馬上飛身蜻蜓點水的踩過敵軍腦袋的大夏望舒郡主已經殺到面前，那把有一掌寬的大劍已經劈下來了。

不得不閉嘴存氣，努力往旁邊一讓，總算避開了被劈開額頭的危險。

但是這劍雖然劈中肩膀，卻只砍破點皮，準人瑞覺得自己劈到一塊石頭，星火相激。許亦白反手還擊，倒是砍進大劍的刃內。

天生神力、巧勁十足，果然是爽文男主角的標準外掛。

真不是變了一個人似的，而是真的變成一個不是人的別人。

幾招過去，準人瑞不斷後退，大劍也傷痕累累，屈居下風，最後更是被砍斷了劍刃。若不是郡主身法詭奇，用一種幾近不可能的姿態避過，真要讓許亦白腰斬了。

可準人瑞嘴角沁著的微笑卻越發危險。

她將斷劍扔向許亦白，噹的一聲就被許亦白擊飛。但是讓人覺得無賴的是，她立刻拔出腰間宛如裝飾般極盡華貴的寶劍，出鞘才發現是雌雄兩把的鴛鴦劍。

如秋水般流轉的劍鋒，的確是兩把絕世好劍，特別適合郡主的高貴身分。

但是又薄又窄，盡顯閨閣氣，江湖仇殺大概能擋一擋……在戰場上連盔甲都劈不動好嗎?!

而且瞧瞧人家男主角光環籠罩下的巨劍，其名為亢龍。鴛鴦劍擺在旁邊對比像是兩根牙籤。

敵我兩方都有人不忍心的閉了閉眼。畢竟郡主武功卓絕，身法奧妙，劍法大巧若拙。學武的人不免起崇敬之意，現在自行求辱實在是不忍得。

亢龍劍V.S.鴛鴦劍。一個照面刷刷亢龍劍被削了兩塊刀刃。

準人瑞冷笑。

平心而論，亢龍劍的確是大夏朝第一劍，當代最高鑄劍結晶的……鐵劍。

準人瑞是能自我規範（和羅清河時代記憶不佳所限），所以不想剽竊，但知道有可能到古代做任務，還不在每個現代或未來任務先琢磨好手工鋼的製作方式嗎？

那不叫剛正而是迂腐好嗎？

於是準人瑞拿超時代的鋼劍欺負大魔王的鐵劍，殺了個星火四濺、飛沙走石。

熱身夠了，內力運轉越發嫻熟，立刻將原本的劣勢轉成小優勢。

可許亦白很沉著的應對，最後巧妙的露了個隱約的破綻，準人瑞也立刻破招。

年輕人就是年輕人。許亦白暗暗嗤笑。雖然晚了幾年獲得原本的機緣，但是還是太稚嫩。

果然郡主大人右臂差點被砍斷，鴛鴦雄鋒因此落在地上。

但許亦白臉色大變。因為他也付出代價，左手食指被削斷，中指也去了小半截。他居然不趁勝追擊，而是撲過去撿指頭。

只是準人瑞比他快一步踩住斷指，直接踩爆了。

虛空中哀鳴一聲，在碎肉中出現了隱約人影，瞬間就不見了，只留幾截斷裂的玉。

「原來魔王喜歡的招數都差不多，魔戒啊……」準人瑞敏捷的揪住突然像是氣球漏風、委靡下去的許亦白，「但是魔戒還得靠末日火山呢，你這仿品卻可以一腳踩爆。」

她嘴裡痛快，手上也不停，用左手拎著許亦白掄牆，直接將牆面掄出蛛網裂痕。

「以殺入道？嗯？」她語氣溫柔，見許亦白還想拿七零八落的亢龍劍偷襲，直接將他連手帶劍往牆上一掄，骨折和慘叫真是讓人愉快。

「站起來啊。」準人瑞將許亦白的臉按在牆上磨了幾下，「不是要殺盡浮屠三千以證其道嗎？快，快來殺我！我讓你一隻手！」

光有累世記憶卻失去九天神戒戒力的許亦白，徒有豐富的戰鬥經驗，此時卻只是個普通人，遇到「仙家」，連想挨打要站好都辦不到，全靠準人瑞拎著。

這就是許亦白最大的祕密。連改版命書都沒發現的大祕密。

許亦白不是這個小千世界的原住民，他原本是某個中千世界的修真者。他想以殺證道，但是前輩的經驗告訴他，就算不被同道制裁，也會被天道制裁。

於是差點被同道制裁的時候，他毅然決然的兵解，只帶了一個戴在神魂上的九天神戒就破碎虛空落到某個小千世界。

雖然九天神戒是法寶，能夠隨著轉世戴在每一世肉身的手指上並且自動隱蔽。但是破碎虛空是超負荷的重勞動，對神魂的損傷也非常大，所以許亦白輪迴了幾世都沒有記憶。

原版的時候，還沒想起來就已經彌留。結果在幾世輪迴中，休眠的九天神戒終於醒了，卻醒在最差的時候……宿主又要死了。結果好死不死，剛好有窺得天機誤當靈感的創作者寫了重生情節，很有靈性的九天神戒發現這個契機，而且宿主異常好運的是天道之劫的身分，就耗費大半功力讓許亦白重生，只是又陷入休眠狀態。

改版時許亦白會突然徹底換了個人，就是登基後九天神戒清醒，修真者許亦白恢復最早的記憶，非常迫不及待。於是一面靠九天神戒的戒力恢復，一面易經洗髓，終究取得「以殺入道」成就……

結果被大千管理者發現，時光凍結回溯，嚴格來說，還是功敗垂成。

準人瑞將許亦白掄得跟個破布袋一樣，黑貓都當作沒瞧見。

三千大世界以下諸界沒有半個鼓勵「以殺證道」OK？不要拿戰爭來說事，戰爭主要目的還是爭搶資源。不管是同族還是異族的殺戮，都是有其明確的目的。

沒有目的的殺戮，還鼓勵這種殺戮，要不就是種族早早的消失，要不就是帶累整個生態系一起崩潰。天道通常會微調，不這麼做的天道不是已衰，就是在經歷壞空，再極端點的就是正在崩潰中。

沒想到是這種蠢人、這種蠢事，導致這個還很年輕的天道差點就早死。

更讓他心情惡劣的是，「太子」執行者輕敵，被個玩具似的戒指給坑了。許亦白宿慧未開，破戒指只醒了一絲神識，急著想把許亦白給宰了的「太子」執行者被人摸了一把，就被吸入戒指裡的空間，離太近的「太子」黑貓同受其害。

魂魄還沒涵養好的太子魂魄當然還在沉眠中，毫無反抗力的太子殿下，憋屈的被許亦白用幾張沾溼的草紙給悶死了。

幸好許亦白宿慧未開。所以他殺「太子」也是糊裡糊塗的，九天神戒勉強醒了一絲神識，直到最後覺醒間都沒有意識。不然許亦白早飛天了，照麾下的智商如此堪憂，真是想修補都沒得補。

黑貓很消沉。本尊不知道該寫多少報告書。而且還是……這麼烏龍的麾下幹下的烏龍事。

結果這麼一晃神，事情就大鑊了。

準人瑞用鴛鴦雌鋒，將許亦白釘在地上，眼見就要不活了，出氣多而入氣少。她姿態非常瀟灑的站在劍柄之上，明媚而憂傷的翹首望天。

天陰了，金雷滾滾。

巴掌大的黑貓再顧不得罵麾下，差點就破了隱身，讓他們三個現行更添點靈異傳說。

他現在除了吐血，真不知道自己還能幹什麼。

準人瑞發現，她其實還是不夠了解自己。

人命在她心目中有份量。但是被她判定「不是人」的人，那就連什麼都不是了，只是人型病毒，最仁慈也只是終生隔離……誰會在乎病毒的生存權。

真正擋住她的，首先是原主的命運正軌，然後才是天道的約束。

因為郡主一直緘默，所以她才模擬「郡主」的良心……從蛛絲馬跡推斷而得。

記得嗎？她只是過客。她不願意為原主作主。

想想朱訪秋時代吧。她無需為任何人負責的時候，那個強暴主犯就差點讓她掐死了或淹死了。她願意聽黑貓的建議，也只是這些垃圾太弱了，於她如螻蟻般。

她既然不是抖S，隨手敲打敲打，放過也就放過了。

但是這個中千世界來的修真者不同。她只是占了便宜，剛恢復宿慧、實力還沒恢復多少，又一慣仇恨，又太輕視「軟弱」的郡主。

從郡主那兒得知九天神戒的消息，資訊占先。幾世揣摩無雙譜，郡主魂魄反涵養，武力占先。許亦白情報不足導致太輕視，心理占先。

有這三大優勢，準人瑞還是傷痕累累，右手差點就交代了，才拿下許亦白。

但是她並不想放過。

這玩意兒太危險了。誰知道除了九天神戒還有沒有別的法寶。就算沒法寶了，依舊是修真者的神魂，萬一重生呢？或者再熬幾世又降臨小千呢？

她是過客沒錯，但是準人瑞珍惜旅途遇到的每一個懷著善意的人。

為了長生拚了的皇帝，待她如親如友的周相，非常愛女兒卻不知道如何表達，只會拚命往邊關寄東西的郡主她爹。

連文儀公主她也沒有什麼惡感了。只是一個有點強迫症和完美主義的典型淑女，甚至還不算尖銳……準人瑞在二十一世紀認識很多胖妹，和胖妹她媽。

有些胖妹她媽詆毀起自己肥胖的女兒可嚴重多了。只要提到讓胖妹痛哭失聲非常失態的也在所多有。

文儀公主還會為女兒焦慮哭泣，也是最抗拒「仙家附體」的那一個。

有的時候，還會覺得公主殿下傲嬌又蠢萌呢。

雖然背叛了四個，但她還有三百九十六個忠誠又腦殘粉的學生不是嗎？

最重要的是，郡主的意願。而她已經應下了。勢必要拖著這玩意兒一起魂飛魄散，就不信天打雷劈還劈不死這東西。

這也是個滿好的ending。也滿足了準人瑞死得轟轟烈烈的希望……

天道親自神罰神雷，多酷啊。想來會在史書占上一行。

於是準人瑞擺了最瀟灑的姿勢，非常裝逼的站在劍柄上，強忍幾乎斷臂的痛苦，雲淡風清的擺出最標準的四十五度角明媚憂傷，閉著眼睛翹首……

……斷臂真的很疼，站在劍柄也不容易，小腿都在發抖了。天雷只在雲端滾，快斷氣的許亦白遲遲不斷氣。

巴掌大的黑貓終於注意到並且吐了口血，淒厲的對準人瑞喊，「羅！妳為什麼要這麼……」

「閉嘴！」準人瑞果斷怒了，「我不想跟你講話！你們居然選太子不是選郡主！」

黑貓愣了，站得遠遠的喊，「……太子把問題解決了，望舒郡主的問題還是問題嗎？羅，妳也講講理……」

「我就是不講理！」準人瑞悍然回答，「我就是要生氣！反正我快魂飛魄散了，剛好拿來抗議執法不公！你們不痛快，我就開心了。」

黑貓啞口無言，看著天上滾雷眼眶溼潤了。「……羅，我們連談人生的機會都快沒有了，不要帶著氣永別啊！」

誰理你啊。準人瑞感到絕對的舒心快意。

……然後她的小腿麻了。天道依舊乾打雷，許亦白那口氣就是死活不斷。

準人瑞悶悶的跳下劍柄。萬一腿麻從劍柄上摔下來，那逼格當場就裂了。仰首走了幾步舒緩腿麻，她真心納悶，是聽說雷公眼神兒不太好，所以常常劈錯人，有電母打光都沒有提高多少準確率。

莫非這個小千世界的天道也是相同屬性的雷公電母嗎？

走出七步，赫然一道嚴重光芒的閃電，人人眼前飛黑點，然後崩天裂地的巨響，大到不只暈眩還極度想吐，人人耳膜大疼……

等一陣烤肉味飄出來，對照地上插著劍的黑炭……才意識到那道神罰天雷直接劈在劍柄，讓許亦白真正的挨了雷劈了。

……雷公這眼神兒果然不好。

然後，然後雷靜雲收，頃刻萬里無雲，豔陽高照。

「……哈？」準人瑞都呆了。

黑貓謹慎的跟她心電感應，「這裡的天道還很年輕，稍微有點……隨興。」

這點大到遮天蔽地了。真是好大一點。

望舒郡主和叛賊許亦白的世紀之戰，頓時讓大夏朝沸騰了。最後逆賊還被天雷打死，非常具有戲劇性和宣傳效果，所以皇帝只有推波助瀾的份，別想他會阻止。

至於剩下的殘局，郡主一概不插手，畢竟傷得很重，右臂都快不保了。不過痊癒也只是兩個月的工夫。之後她召見了所有弟子，立了弟子規，選了一個宗主。派名為瑞月宗。

望舒，月也。瑞，據說是羅仙家的名字。

既想為郡主留名，又得沖淡江湖味兒，只好往仙氣兒那邊靠攏。名字柔和點也比較不招禁忌。

枯瘦的郡主魂魄倒是很開心。只是有點不好意思，硬跟準人瑞邀了一個字當宗名。

瑞月宗不立山門，因為山門在心中。第一條弟子規就是忠君愛國，弟子多在軍中。

至於將來會如何，她倒是不太放在心上。只是想將內功推廣出去罷了。多個強身健體之術，從個人到國家都是比較好的事情。

將一切安排好，深冬月圓之夜，冰雕玉琢之境，準人瑞難得盛妝，穿戴全套郡主朝服，雍容華貴的在賞雪亭獨酌。

豔紅袍色映白雪。枯枝捧玉盤，梅香暗動。

靠著亭柱，四肢都使不上力氣的郡主魂歸玉體，默默的看著那雪那月，和那鮮豔的衣襬。

深深吸了口香氣，她有些沙啞的說，「我很滿足。」撐到今天，郡主魂魄已經油盡燈枯。「雖然非常淒慘過，卻也曾經輝煌燦爛過。這樣，很好。」

準人瑞默默的看著她。

郡主的聲音漸漸微弱，終至如耳語。「仙家，謝謝。」

她的魂魄如希望般沙般崩毀，散入天地間，和細雪融成一氣。

準人瑞沒有接掌身體，而是在脫離時，朝著如熟睡般的望舒郡主遺體深深一禮。

她的心情，異常平靜。

休息時間

恢復原本大小的黑貓和準人瑞相對無言。

「……算了。我猜妳也不想知道完成度如何，妳總是搞評分破表這一套。」黑貓非常嚴肅，「羅，我們還是來談談人生吧。」

「我不想跟你說話。」準人瑞一臉疲倦，臉上的疤痕都褪色許多，「我要睡覺了。」

「不行。現在談。」黑貓嚴厲起來，「妳違反紀律！這只是唯一一條紀律！妳根本沒必要殺他！最少不用親手殺他！」

「這有什麼不同？再說有誰能制得住他？我把資料補足了，你可以看一看。」準人瑞冷冷的說。

「妳不在命運線裡！妳、我、我們都不應該出現在那裡！只是逼不得已的修補，懂嗎？妳該把他交給命運線裡的人決定他的生死……」

「我知道。」準人瑞靜靜的看著黑貓，「所以我才決定親手終結他。」

「……如果不是這個天道特別的中二，是妳先被終結掉。」黑貓發火了。

準人瑞的眼神卻因此柔和起來。「你認為他們都是人類嗎？真實的人？還是認為他們只是任務必要的NPC？」

黑貓的眼神冒出怒火，「妳在侮辱我嗎?!」

「嗯，我也是。」準人瑞點點頭，「他們是人，真實存在的人。或許時空於我而言都是架空，但依舊是活生生的人。他們可能會遭逢一切天災人禍，經歷無數磨難。但不該是一個不應存在，愚蠢的、自以為比他們高貴的垃圾，實驗什麼以殺證道……來毀滅他們。」

「這就是為什麼我要殺掉他。」

「因為他運氣總是太好，我不想給他任何機會。」

「這是我對郡主的承諾。」

「現在我要去睡了，誰也不能阻止我。」

她非常堅決的倒在床上立刻睡熟，黑貓沒有阻止她。

這原本就是個世界任務，一如往昔，準人瑞完成得太完美。

連違反「不可殺人」這個絕對定律，都被年輕而中二的天道給掩護，並且搶著執行了。

這樣超S的困難任務，讓一個高級執行者陷在裡頭的任務，她一個菜鳥居然完成了。雖說是誤打誤撞的附身在氣運之女身上，但也是夠驚人了。

同時，她還完成了加分題。成為那個世界最早的內功宗師。

她那種廣為傳播的教育理念意外的開花結果。在命運線步上正軌後，直到科技發展，內功成為科學系統的一環，讓該小千世界更能深究人體的祕密。

在面臨天道壞空的末日，因此更有底氣抵抗。

……所以天道喜歡她也不是沒有道理的。

但是黑貓卻有點悲傷。照她那種玉石俱焚的個性，活不了太久的。

他知道為了規避這條鐵則，許多執行者都會鑽漏洞來規避。比如說，在即將殺死的電光石火間，硬拉原主魂魄歸體頂缸。比如說，從上線起就開始建立龐大的勢力好想殺誰就殺誰。

沒有人為原主將來的生活考慮。他也超級不喜歡這樣的「權宜」。

但這也是沒有辦法的事情，那些考慮太多的執行者總是早死……像是羅這樣的人。

化身千萬的黑貓本尊難得的感傷了一下。再三考慮，發現居然沒有任何金手指適合她。

適合她的只有積分。萬一被天道毀滅還能拿天文數字的積分設法贖回來。

這真是令人感傷的事實。

至於許亦白，事實上還有後續。

黑貓本尊特別打了兩尺厚的報告，申請將許亦白散逸的魂魄收集回來。

以殺證道是吧？他承認這實在是強而有力的法門，當中滔天殺意能量十足，他本人深感佩服。

不過，想以殺證道，總得從自己開始吧？不說人最大的敵人就是自己麼？

既然鄰近有個小千世界毀滅，導致周遭的世界都不穩，拿許亦白來填坑真是再好也不過了。

他可以殺自己來證道了。大概自殺個一億次，就能夠得道了。

自殺，經歷臨終的痛苦和恐怖，緩慢的收攏魂魄，重生，再自殺。完美的小輪迴。

等他完成這一億次的自殺證道，黑貓本尊願意讓他直接往大千世界投胎……先從蚊子做起吧。輪迴幾萬次運氣好說不定有當人的機會。

恭喜。

白鷺尊者說他是噁心的變態，黑貓尊者連眼皮都沒抬。

（司命書　壹　完）

司命書. 壹 / 蝴蝶Seba著.
-- 初版. – 新北市 : 雅書堂文化, 2017.11
面； 公分. -- (蝴蝶館 ; 78)
ISBN 978-986-302-391-3(平裝)

857.7 106017726

蝴蝶館 78

司命書 壹

作　　者／蝴　蝶
發 行 人／詹慶和
總 編 輯／蔡麗玲
特約編輯／蔡竺玲
執行編輯／蔡毓玲
編　　輯／劉蕙寧・黃璟安・陳姿伶・李佳穎・李宛真
封　　面／斐類設計
執行美編／陳麗娜
美術編輯／周盈汝・韓欣恬

出版者／雅書堂文化事業有限公司
郵政劃撥帳號／18225950
戶名／雅書堂文化事業有限公司
地址／新北市板橋區板新路206號3樓
電子信箱／elegant.books@msa.hinet.net
電話／（02）8952-4078
傳真／（02）8952-4084

2017年11月初版一刷　定價250元

經銷／易可數位行銷股份有限公司
地址／新北市新店區寶橋路235巷6弄3號5樓
電話／（02）8911-0825
傳真／（02）8911-0801

版權所有 ・ 翻印必究（未經同意，不得將本書之全部或部分內容使用刊載）
本書如有缺頁，請寄回本公司更換